E-Z DICKENS СУПЕРГЕРОЙ КНИГА ЧЕТВЪРТА:
НА ЛЕДА

Cathy McGough

Stratford Living Publishing

За супергероите от ежедневието.

Съдържание

„Просто не можеш да победиш човек, който никога не се отказва.“

Babe Ruth

ПРОЛОГ

Следващият ден беше учебен, но с наближаващия край на света нито Е-3, нито Лия имаха намерение да отидат.

„Имам много лошо предчувствие“, каза Лия.

Беше време за закуска и тя и Е-3 бяха сами. Сам и Саманта все още спяха, както и близнаците Джак и Джил.

„Какво лошо предчувствие?“ - попита той, като си сипваше още зърнени храни в устата.

„Знаеш ли как снощи ми се стори, че чух нещо?“

„Да, но ти каза, че е било фалшива тревога. Че звуците са изчезнали и всичко се е върнало към нормалното.“

„И мина, и не мина. Трудно е да се обясни. Чух, че Розали ме вика, после спря. Тя не опита отново, затова си помислих, че всичко е наред. Но сега се притеснявам, защото се опитах да се свържа с нея и не успях. Тя не е отговорила на нито едно от съобщенията ми. Мисля, че трябва да отидем и да я проверим. За всеки случай. Ще ми е по-леко да знам. В противен случай няма да мога да свърша нищо днес."

„Може би си е легнала? Или батерията на телефона ѝ е свършила." Той допи чашата си с портокалов сок и се отдръпна от масата. Сложи чиниите в съдомиялната машина.

„Може би. Но все пак искам да я видя."

„Да отидем да я посетим, за да се успокоиш", каза той, докато викаше такси. „Надявам се да ни пуснат вътре. Все пак не сме роднини."

Те прекосиха града и на рецепцията попитаха за Розали. Жената попита: „Вие двамата роднини ли сте?". И двамата отговориха, че не са. „Седнете, моля", каза тя.

„Вижте", прошепна Лия. „Тя изглеждаше срамежлива. Сякаш криеше нещо."

„Да, аз също видях това. Но може би си го въобразяваме, защото се притесняваме за Розали. Всичко, което можем да направим, е да чакаме и да се опитваме да се занимаваме. Ние сме тук и няма да мръднем, докато не видим, че тя е добре".

Тридесет минути по-късно те все още чакаха. и ставаха все по-неспокойни с напредването на времето.

Лия се изправи. „Не мога да чакам повече."

Е-3 каза: „Уау! Чакай малко." Тя отново седна. „Нека дадем още трийсет минути, преди да им се развикаме".

„Какво означава да се разправяме?" Лия попита.

„О, все забравям, че не си оттук. Означава да нападнеш нещо с всички оръжия. В краен случай. Това е фигура на речта, разбира се. Макар че някои пощенски служители са го възприемали буквално".

„Обзалагам се, че ако бяхме възрастни, досега щяха да са ни заговорили. Понякога мразя да съм дете."

„То си има своите предимства", каза Е-З. „Пробвай да играеш на телефона си или да четеш книга. Така ще ни мине времето, а и те ще ни бъдат по-полезни, ако сме търпеливи".

„Иска ми се да си бях взел слушалките. Можех да слушам новите песни на Тейлър Суифт".

„Ето", каза той. „Можеш да вземеш моите."

Изминаха още трийсет минути и Е-Зи спокойно се върна на гишето. Лия остана отзад, слушайки музика. Той погледна назад. Тя беше затворила очи. Дори не беше забелязала, че той си е тръгнал.

„Има ли информация кога ще можем да се видим с Розали?" - попита той.

„Съжалявам, но някой ще излезе да те види. Тя знае, че сте тук и чакате." Жената щракна върху клавиатурата си. Когато Е-З не се отдалечи, тя направи втори опит да го насърчи. „Говорих лично с моя мениджър. Тя ще излезе, за да говори с вас веднага щом може. Моля, присъединете се към приятеля си". Тя махна с ръка по посока на Лия, която беше заета с телефона си.

Е-Зи се върна при Лия, но с неохота. Той наблюдаваше как хората се движат наоколо. Някои от тях бяха жители, които бутаха проходилки. Неколцина бяха в инвалидни колички, бутани от обслужващ персонал, докато други сами потропваха с колелата си. Повечето от обитателите се усмихваха в негова посока, някои махаха с ръка. Той се зачуди колко от тях приемат редовни посетители. Надяваше се, че повечето имат.

Докато вратите се отваряха и затваряха, до ноздрите му достигна миризма на обяд и стомахът му се сви. Чудеше се какви ли не деликатеси са сервирали днес обитателите на дома. Може би риба с пържени картофи. Може би малко пай а ла мод. Искаше му се да беше хапнал по-голяма закуска, когато Лия му върна слушалките.

„Имаш ли някакъв късмет да ускориш нещата? Умирам от глад!"

„Аз също, но не съвсем. Каза, че мениджърът скоро ще бъде при нас, но не разбирам защо Розали просто не излезе и не ни види сама. Каква е голямата работа?"

„Не усещам присъствието й тук", каза Лия. „Сякаш сме прекъснали връзката. Музиката ми помогна да се разсея за известно време, но сега отново мисля за нея и съм гладна. Не е добра комбинация."

„Чувам те - каза Е-З, когато една висока жена, носеща идентификационна значка на генерален мениджър, тръгна към тях и се представи.

„Казвам се Елинор Уилкинсън и съм генерален мениджър тук“. Тя им подаде ръка. „Разбрах, че вие двамата сте приятели с Розали. Посещавали ли сте я тук преди?“

„Не, не сме били тук“, каза Лия. „Но ние сме приятели с нея, близки приятели. И се притесняваме за нея. Тя не отговаря на съобщенията ми, нито вдига телефона си“.

Госпожа Уилкинсън каза: „Съжалявам, че трябва да ви го кажа, но Розали почина някъде през нощта. Чакаме да пристигнат близките й роднини. Те не живеят наблизо.

„Извинявам се, че ви накарах да чакате толкова дълго. Но трябваше да говоря с тях, преди да говоря с вас. Разбирате ли. Имаме правила, които трябва да следваме.“

Лия падна на стола и избухна в ридания, а Е-З взе ръката й в своята и седяха тихо няколко секунди, преди да попита: „Какво се случи с нея?“

„Разследва се - каза Уилкинсън. „Съжалявам, но не мога да ви кажа нищо повече. Освен ако не сте семейство. Съжалявам за загубата ви.“

„Тя означаваше света за мен - каза Лия.

„Как се запознахте с нея?“ Уилкинсън попита. „Тя беше страхотна дама. Обичана от всички.“
"Запознахме се чрез приятел - излъга Лия.

„Интересно - каза Уилкинсън, - като се има предвид разликата във възрастта ви."

„Искаш да кажеш, защото аз съм дете, а тя не е? Искам да кажа, че не беше - попита ядосано Лия. Тя се изправи.

„Извинявай, не исках да те разстройвам. Разбира се, много от обитателите тук биха се радвали да имат приятели, с които да разговарят. Особено деца с интереси като вас, на които биха могли да разказват на живо своите истории. Така няма да бъдат забравени, след като си отидат".

„Винаги ще помним Розали", каза Е-Зи.

„Можем ли да я видим, за да се сбогуваме?" Лия попита.

„Страхувам се, че това е изключено. Имаме процедури. Но ако оставите данните си, телефонен номер на бюрото, можем да ви се обадим. За да ви съобщим кога ще бъдат посещенията и погребението".

Е-З остави телефонния си номер на рецепцията. Тъкмо се канеха да се качат в таксито, когато той си спомни за книгата.

„Изчакайте тук", каза той. „Ще се върна веднага."

Той се приближи до рецепцията.

„Съжалявам, но не можем да приемем смъртта на нашата приятелка Розали. Не и докато поне един от нас не я види. Госпожа Уилкинсън каза, че не можем да влезем, но мога ли просто да надникна в стаята? Няма да остана за дълго. Значи мога да кажа на приятелката си, че съм видяла Розали, и мога да потвърдя, че тя вече не е сред нас? Тя е преживяла толкова много, като е загубила очите си и всичко останало. Ще й е по-леко да знае със сигурност от някой, когото познава и на когото има доверие".

„Ах, горкото момиченце. Разбирам те. Ела с мен - каза жената. Когато се озова от другата страна на бюрото, тя помоли един колега да я замести. „Ще се върна веднага", каза тя.

Е-З я последва по-навътре в сърцето на резиденцията за възрастни хора. Беше светло, не депресиращо, както беше чувал, че този тип домове могат да бъдат, но много тихо. Вероятно защото всички се наслаждаваха на обяда в кафенето. Стомахът му отново се сви.

„Всички са в трапезарията - каза жената, сякаш знаеше какво си мисли. „Днес е денят на рибата и чипса с червено желе и бита сметана за после. Изключително популярно ястие, в което всеки иска да се включи. В който и да е друг ден, ще бъде невъзможно да ви пуснат вътре, защото ще има твърде много хора, които ще се мотаят наоколо."

„Сигурно мирише добре", каза Е-З. „И благодаря за помощта ви, аз, ние, наистина я оценяваме."

Тя спря и дръпна вратата.

„Това е стаята на Розали. Аз ще чакам тук. Имаш две минути или по-малко, ако някой ме забележи".

„Още веднъж благодаря", каза Е-3, докато вратата се затваряше зад него. Миришеше странно, сякаш е имало огън. Той огледа стаята за камери. Доколкото знаеше, нямаше такива.

Под белия чаршаф приятелят им беше покрит от главата до петите. Той се приближи, борейки се с желанието да избяга, но искаше да знае със сигурност, да види със собствените си очи. Той дръпна чаршафа назад и видя как той падна на пода като призрак.

Веднага ноздрите му бяха обсипани с миризма. Като на барбекю. Изгоряла плът. И видя ръката на Розали, увиснала надолу, покрита с изгаряния и мехури. Какво й се беше случило? Кой и защо й беше причинил това ужасно нещо?

Той отблъсна стола си и огледа стаята, която беше безупречна, без следи от пожар. Това не можеше да се случи тук. Ако не, то къде? Дали след това са я преместили в тази стая?

Жената на вратата почука. „Моля, побързайте!" - каза тя.

Той отвори чекмеджето на нощното й шкафче. Там беше. Книгата, за която Розали им беше разказала. Онази, в която беше записала информацията за другите деца.

„Времето изтече", каза жената.

И-3 напъха книгата зад гърба си. Той натисна бутона за отваряне на вратата и те се върнаха на рецепцията.

„Благодаря ви", каза той. „От моя приятел и от мен. Вие ни дадохте спокойствие. Моля, уведомете ни кога ще се състои погребението и посещението. О, още нещо, забелязах, че тя, хм, има изгаряния по тялото си. Имаше ли други жители, които да са пострадали при пожара?"

„О, Боже", каза жената. „Не знам. Не съм чувала нищо за пожар. Не съм виждала тялото; имам предвид самата Розали. Казаха ми само, че е починала. Не знам нищо за подробностите."

„Всичко е наред", успокои я Е-З. „Няма да кажа нищо. Оценявам всичко, което сте направили. Благодаря ти."

„Тук не е имало никакъв пожар", каза тя. „Не се е включила никаква аларма, за която да знам. Не са викани пожарни коли. И. О, Боже."

Е-З махна с ръка и се отдалечи от гишето. Жената продължаваше да си бълнува. Той прецени, че за него е най-добре да се махне оттам.

Шофьорът помогна на Е-З да се качи на задната седалка до чакащата го Лия, след което прибра инвалидната му количка в багажника на автомобила.

„Отне ви цяла вечност" - оплака се Лия. „Какво е това?"

Тя се опита да вземе книгата, но Е-З я държеше в ръцете си. Той забеляза, че таксата на таксиметровия апарат вече е повече пари, отколкото имаше със себе си.

„Не можеше да се помогне. Промъкнах се към Розали. И грабнах това. Това е книгата, за която тя ни разказа. Ще я разгледаме, когато се приберем у дома". Той прошепна: „Имаш ли пари?"

Между двамата нямаха достатъчно, за да покрият таксата за таксито.

„Ще трябва да помолиш майка си или чичо Сам да ни помогнат", каза той, когато шофьорът спря пред къщата.

Шофьорът помогна на Е-3 да се върне на стола си, а Лия изтича вътре. Тя излезе с достатъчно пари, за да покрие таксата, и шофьорът потегли.

„Сам ми даде парите."

„Попита ли за какво са?"

„Не, но очаквам да го направи."

Вътре Саманта и Саманта се въртяха из кухнята. Опитваха се набързо да приготвят закуска, докато близнаците им серенадираха с гладни викове.

„Защо не сте на училище?" Сам попита.

„Ще ти обясня по-късно. Можем ли да помогнем?"

„Не, но ви благодаря", каза Саманта. Тя започна да храни Джак.

Сам кимна и се зае да храни Джил.

Е-Зи и Лия влязоха в стаята му и затвориха вратата. Алфред четеше вестника.

„Розали е мъртва" - изригна Лия, след което падна на колене и се разплака, докато Е-Зи я прегърна, а Алфред се втурна при нея. Тримата се прегърнаха и плакаха, докато не им останаха повече сълзи.

„Какво е това, което имаш там?" Алфред попита.

„Взех книгата."

Лия я вдигна, после се изправи и я притисна към гърдите си, сякаш прегръщаше приятелката си, вместо това видя всичко. Розали в Бялата стая. Фуриите в Бялата стая с нея. Горящи книги. Падащи рафтове. Огън навсякъде.

Лия падна на колене.

„Тя беше толкова смела. Толкова много смела."

„Ти видя огъня?" Е-З попита. „Какво се случи?"

„Знаехте ли за пожара?"

Той кимна.

„Защо не ми казахте?" Тя вече знаеше отговора на въпроса. Той я предпазваше от истината. „Когато докоснах книгата, видях всичко. Розали беше в Бялата стая. И Фуриите бяха там с нея. Те искаха тя да им разкаже за нас и за другите деца. Те я измъчваха, но тя не се предаде."

„Защо не ни се обади?"

„Опита се. Не знаех, че е на живот и смърт. Тя си тръгна, така че си помислих, че всичко е наред".

„Това не е твоя грешка", каза Е-З.

„Тя умря сама, под рафтовете с книги, а около нея горяха книги. Не заслужаваше да умре по този начин. Никой не заслужава да умре по този начин." Тя се разплака в ръцете си.

„Бедната Розали", каза той. „Тя можеше да ме повика. Направила го е и преди. Защо не ме повика?"

„Защото щеше да те изложи на опасност. Тя умря, за да ни защити."

„И така, Фуриите се опитаха да измъкнат от нея нашите имена и имената на другите деца, а тя се пожертва, за да ни спаси? За да запази тайната ни. Каква невероятна жена беше Розали. Никога няма да я забравим - никога", каза Алфред, като се бореше със сълзите си. „Тя заслужава медал. Почетен медал."

„Чакай малко, може би са й забранили да ни се обади?" Е-3 каза.

„Тя ми изпрати SOS, но това го е правила и преди. Един път го направи, когато в дома им свърши чаят и тя искаше да се изфука за това. Не знаех, че този SOS означава, че животът ѝ е в опасност".

„Не би могъл да знаеш. Никой от нас не би могъл. Не можем да се обвиняваме." И тримата замълчаха. „Почакайте малко, нека да погледнем книгата."

„Тя е всичко, което тя ни каза, че ще бъде. Пълен списък, с подробности за всички деца, които са като нас. Слава богу, че Фуриите не са се добрали до нея!" "Не, не.

„Ей, почакай малко!" Е-3 каза. „Самата идея, че са я измъчвали, за да намерят информация за нас и останалите - означава, че Фуриите знаят, че всички ние съществуваме. Това означава, че тези деца са там, съвсем сами и дори не знаят какво ги очаква!

„Първо трябва да стигнем до тях. Защото е само въпрос на време преди - както и да са разбрали за нас, за тях - да разберат къде са те".

„Ами ако това е капан, за да заведем Фуриите директно при тях?" "Ами ако това е капан, за да заведем Фуриите директно при тях? Алфред се запита.

„Не мисля, че те знаят къде да ни намерят, иначе щяха да са тук, нали?" "Не, не. E-Z попита. „Искам да кажа, че имаха елемента на изненада. Като са убили Розали, те са си подали ръка. Дадоха ни да разберем, че знаят нещо... вероятно за да ни влязат в главите, защото ние сме главните." „А какво става с другите деца?" "Не, не. Лия попита. „Как ще се доберем до тях, без да си подадем ръка?"

„Хаджи? Рейки?" Е-З се обади. „Ако ме чуваш, имаме нужда от твоето мнение и от твоята помощ."

ПОП.

POP.

„Знаеш ли за Розали?" - попита той.

„Да, знаем, и това е тъжна, тъжна история, която трябва да разкажем", каза Хадз и избърса сълзите с крилата си. „Измъчваха я тук, в Бялата стая. И ако това не беше достатъчно лошо - те напълно я унищожиха и всичко в нея. Всички тези красиви, крилати книги - изчезнаха. Розали - изчезна. Изчезна." Тя вече не можеше да говори заради риданията.

„Ето, ето", каза Рейки. „И това не е всичко. Ние не знаем какво се е случило с душата на Розали."

„Почакайте, тялото ѝ е в леглото в стаята ѝ в другия край на града, в старческия дом. Може би душата ѝ е там с нея?" Е-3 попита.

Рейки каза: „Имате ли нещо запечатано, затворено, от въздуха, от всичко? Ако да, моля, отидете и го донесете незабавно - след това ще отидем и ще видим дали душата на Розали е с нея. Ще я убедим да отиде в контейнера - временно - докато разберем къде е нейният Ловец на души. Силно се надявам, че онези фурии не са я взели."

Е-3 се втурна в кухнята, където Сам и Саманта бяха заети да хранят близнаците. „Имаме ли още онзи голям термос?"

„Да, той е в шкафа над хладилника", каза Сам, след което гушна сина си.

„Благодаря", каза Е-3, докато се връщаше в стаята си. „Това ще стигне ли?"

И двамата трябваше да пренесат контейнера.

„Чакай!" Алфред извика, тъкмо навреме, за да ги хване, преди Хадз и Рейки да изскочат навън. „Може би мога да помогна? Имам лечебни сили. Вземете ме с вас. Позволете ми да опитам. Моля те."

POP

POP

FIZZLE

И тримата изчезнаха, като се приземиха в стаята на Розали.

„Ето я - каза Алфред и скочи на леглото, като внимаваше да не я стъпче с паяжинените си крака. С помощта на човката си той повдигна чаршафа, докато Хадз и Рейки висяха наблизо.

"Какво ще направи той?" Рейки попита.

„Шшшшш“, каза Хадз.

Алфред постави човката си върху челото на Розали и докосна сърцето ѝ с едно от крилата си. Нищо не се случи.

„Нека опитам нещо друго - каза лебедът. Този път той се надвеси над тялото на Розали, като притисна челото си до нейното. Отново нищо.

„Опитахте всичко възможно - каза Хадзъ, - сега трябва да осигурим душата ѝ. Излез, излез, където и да си.“

И точно по този начин душата на Розали се понесе към тях.

„Тук ще бъдеш в безопасност“, каза Рейки, докато душата беше вкарана в контейнера, след което капакът беше здраво затворен.

ПОП.

ПОП.

ФРИЗЪЛ.

„Успяхте ли да ѝ помогнете?“ Лия попита, но вече знаеше отговора от погледа на Алфред. Тя го прегърна: „Сигурна съм, че си се опитал да направиш всичко възможно“.

„Наистина се постара“ - каза Хадз.

„Душата ѝ обаче е в безопасност, тук... никой не бива да я отваря. Тя трябва да се пази на сигурно място, докато Ловецът на души не е готов да я вземе“.

„Може би трябва да я държиш при себе си?“ Алфред каза. „И благодаря, че ми позволи да опитам.“

В стаята на Е-3 *Тримата* формулираха план за събиране на останалите деца. Беше решено Е-3 да пътува до Австралия, за Лачи - известен още като Момчето в кутията. Алфред щеше да отпътува с крило за Япония, където щеше да прибере Харуто - момчето, което беше изоставено в гората. И накрая, но не на последно място, Лия щеше да пътува из САЩ, за да вземе Бранди - момичето, което можеше да оживее отново.

Мисиите им бяха ясни - не беше ясно какво ще правят, когато стигнат там. *Другите* бяха на различна възраст, с различни култури и езици. Някои от тях щяха да изискват разрешение от родителите си, а други - не.

„Чудя се какво им е казала Розали за нас?“ Лия попита.

„Можем да ги попитаме, когато ги видим“ - предложи Алфред.

„Междувременно трябва да опаковаме багажа и да планираме. Аз ще си проправя път дотам в стола си, но вие двамата имате варианти. Решете какво е най-добре за вас и приведете плана си в действие. Вярвам, че ще вземете правилното решение, а времето тече“.

„Радвам се, че го каза - каза Лия, - защото не съм сигурна дали искам да летя дотам със самолет. Мисля си, че Малката Дорит може да е най-добрият вариант, но не съм сигурна дали тя ще е ентусиазирана от това. Тя ще лети с един пътник, а ще се връща с двама“.

„Аз също не съм сигурен“, каза Алфред. „Бих могъл да летя дотам по собствено желание, но тъй като Харуто е съвсем малък, ще трябва да го придружа в самолета, освен ако не дойдат и родителите му. Освен това трябва да се притеснявам за лошото време, а и пътят е дълъг.“

„Както казах, вие двамата решете какво е най-добре за вас. Алфред, ако решиш да летиш със самолет - помоли чичо Сам да уреди подробностите вместо теб“.

Тримата се приготвиха да съберат всички деца. След това щяха да планират - да победят тези злокобни фурии. Дори това да беше последният план, който някога са правили.

ГЛАВА 1
АВСТРАЛИЯ

E-Z е първият от екипа, който напуска Северна Америка. Летящ в небето в инвалидната си количка, той се наслаждаваше на свободата, която му даваше откритият въздух.

Самата идея да прибере инвалидната си количка в самолета го караше да настръхне. Ами ако се изгуби? Или ще бъде унищожена? Не си заслужаваше да рискува. Дали Батман щеше да изостави своя батмобил? Никога.

Въпреки че беше почти сигурен, че ще трябва да се върне със самолет заедно с Лачи. Нямаше да е редно да кара детето да лети само. Може би щяха да направят изключение за него и да му позволят да лети в инвалидната си количка? Струваше си да попита. Щеше да премине по този мост, когато стигнеше до него. Освен това не искаше дори да си помисли за храната в самолета. Слава богу, че сега имаше пакетиран обяд със себе си.

Играеше на доджъми с облаците - и веднъж или два пъти мина направо през тях. Но трябваше да се съсредоточи. В края на краищата Австралия беше на другия край на света.

Бележките на Розали за момчето в кутията не бяха толкова полезни, колкото се надяваше да бъдат. Беше прочел за историята му в интернет. Нещото, което се открояваше най-много за него, беше, че момчето вече предпочита животните пред хората. След всичко, което беше преживял, това беше логично.

Бедното дете беше толкова объркано, когато го намериха, че беше забравило да говори. Е-3 знаеше, че в света съществува жестокост, но това беше неописуемо.

Е-3 имаше много въпроси, на които се надяваше да намери отговори, като например къде са родителите на Лачи? Кой хранеше и почистваше клетката му? Кой го е сложил там? Защо?

В статията се казваше, че са изпратили репортери да направят снимки на момчето, за да видят как се справя, но животните не им позволили да се приближат. Дори когато се опитали да използват телеобектив. Свраките ги нападнали и обстрелвали. Той изгледа няколко клипа с нападения на свраки - беше като нещо от филма на Хичкок „*Птиците*". Накрая една от свраките отлетя с обектива на репортера. След това те оставиха момчето на мира.

Е-З се надяваше, че ще успее да спечели доверието на момчето. И че неговите приятели животни също ще му се доверят. В противен случай пътуването му щеше да бъде безсмислено. Е, не съвсем безсмислено, ако се срещнеше и разговаряше с момчето. Щеше ли то да иска да помага на другите след начина, по който са се отнесли към него? Само времето щеше да покаже.

Той летеше над Атлантическия океан. Беше летял по този маршрут и преди, и тук срещна Алфред за първи път. Телефонът в джоба му завибрира - той погледна и видя, че има съобщение от Лия.

„Просто исках да ти съобщя, че пътувам с Малкия Дорит".

„Все пак си решил да не летиш със самолет?"

„Появи се Малката Дорит и тя е в графика ми".

„Звучи като план." Той изпрати емотиконка с вдигнат палец.

„Къде си?" - попита тя.

„Точно отвъд Атлантика. Вода, вода и още вода."

Разделиха се и той ускори темпото, прекосявайки Африка, където забеляза остров Робен - затвора, в който държаха Нелсън Мандела близо тридесет години.

Стомахът му изкъркори; сандвичът в раницата му не му хареса. Затова се отби в Кейптаун и се надяваше, че ще може да използва банковата си карта, за да си купи нещо за ядене. Забеляза табела на заведение, в което се продаваше „традиционна риба и чипс“ с британски флаг и приемаха банкови карти. Изнесъл си приготвената храна и полетял към върха на Лъвската глава. След като приключил с яденето, което било много вкусно, си направил селфи, след което продължил пътуването си.

„Събуди ме след два часа“ - каза той на инвалидната си количка, която завибрира, след което ускори ход. Когато се събуди отново, той вече прекосяваше Индийския океан. Огромната популация от звезди около него го караше да се чувства някак си по-малко самотен. Той продължи да пътува, чувствайки се триумфално, че почти е стигнал, когато видя слънцето на хоризонта, което си проправяше път нагоре по небето, за да възвести новия ден.

И ето че то се появи точно пред него - забеляза брега на Австралия. Развълнуван да го види лично, той увеличи скоростта и се запъти към него. Осъзнавайки, че е много жаден, той бръкна в раницата си и извади бутилка с вода, която пресуши. Върна празната бутилка в раницата си, за да я изхвърли по-късно, и въпреки че все още беше доста пълен с риба и чипс, които беше ял по-рано. Реши да продължи и да изяде сандвича с шунка и сирене, който чичо Сам беше опаковал.

Прелетя над Западна Австралия, като вече усещаше горещината, свали потника си и го сложи в раницата си. Продължи в The Outback в Северната територия, чудейки се къде точно да кацне, когато към него полетя малка птица с пера в нюанси на синьото, подчертани с черен пръстен около врата.

„Следвай ме, Е-З", каза тя. „Наблюдавах те."

„Ех, каква си ти?" - попита той.

„Аз съм вълшебна пеперуда", каза тя. „Хайде, той чака."

Придружаваше ги група мишелови.

„Не се притеснявай", каза феята на птиците. „Те са наши придружители."

Той наблюдаваше уникалната форма, в която се движеха белите ивици на черногръдите мишелови. Беше чувал за поезия в движение, а сега знаеше какво точно означава тази фраза.

После забеляза момчето. Беше под тях и им махаше. Е-З махна в отговор. Освен че седеше на гърба на изключително голяма птица, той изглеждаше като всяко друго дете.

„Добре дошли в Австралия", каза той. „Скоро ще се стъмни, така че ме последвайте. Между другото, можеш да ме наричаш Лачи."

„Приятно ми е да се запозная с теб, Лачи! Нямам търпение да видя повече от вашата приказна страна. Иска ми се само да мога да остана по-дълго."

„Това са горските територии на Савана", каза момчето. „Вдишайте дълбоко и ще забележите аромата на евкалипт."

„Да, ухае прекрасно", каза Е-З.

Продължиха да пътуват, през страната на камъните, през заливните равнини и библабонга. Накрая стигнаха до крайната си цел в Отдалечените.

„Тук живея", каза момчето. „Националният парк Какаду е най-големият сухоземен национален парк в Австралия с площ над 20 000 кв. км. Аз живея тук заедно с растенията и животните." Приказната пеперуда кацна на главата му. „О, отново си уморен", каза момчето с усмивка. След това към Е-З: „Тя често има нужда от повдигане".

Когато стигнаха до местност, която приличаше на къмпинг, момчето каза: „Добре дошли в моя дом".

„Благодаря ти", каза Е-З. „Със сигурност бих могъл да се възползвам от един душ или вана и трябва да пикая".

„Изкопах една дунапренова баня, там зад дървото. Ще бъдеш в достатъчна безопасност. След това ще ти покажа къде е водопадът, за да можеш да се изкъпеш".

„Водопад, а? Има ли там крокодили?"

„Има крокодили... но те са свикнали да използвам водопада. Ще дойда с теб за първи път, ако искаш?"

„Не, аз имам крила, както и столът ми. Ще отлетим, ако чуем силни плясъци!"

„Добре де", каза най-малкият. „Просто се носете във висините на падащата вода - не се приземявайте - и всичко ще е наред. Междувременно аз ще събера малко храна за вечеря. Ако имаш нужда от помощ, просто извикай и аз ще дотичам".

Докато наближаваше водопада, той забеляза знаци - и то много на брой, с надписи ОПАСНОСТ и ПРЕДУПРЕЖДЕНИЕ. На една от тях пишеше, че наоколо има както соленоводни, така и сладководни крокодили. Ужас.

„Нагоре, към върха!" - насочи той стола си. Влезе направо във водата, с лице напред, и седна да се наслаждава, докато тя падаше над и около него. Отначало му беше студено, но когато свикна, се почувства добре.

Докато се оглеждаше наоколо, той си помисли за ему, на което го срещна момчето. Струваше му се странно, че птица с неговите размери - с тези огромни криле - не може да лети. Той прочете за птици, които не могат да летят, в интернет. Изненадал се, когато видял в списъка киви, заедно с ему, щрауси, пингвини, касуари и реи. Прочел в интернет, че ДНК на ратисите се е променила, така че сега те не могат да летят. Чувстваше се малко виновен, че той, едно момче, може да лети, а тези красиви птици не могат.

Когато беше чист и с нови дрехи, той се върна при момчето, което усилено приготвяше храната им.

„Това е слива от двуглав козел."

Е-3 отхапа една хапка. Вкусът ѝ беше невероятен.

„Това е ябълка от червен храст, а това е касис."

Е-Зи изяде всичко и го хареса.

„Това беше десертът ни, трябва да приготвя основното ястие." Момчето копаеше и копаеше, след което излезе с едно гърне, което беше твърде горещо, за да се справи с него. Когато махна капака с помощта на пръчка, миризмата на това, което беше сготвил, накара устата на Е-Зи да засъска.

„Това са миди - каза момчето и сложи малко от тях върху едно листо.

„Те са много вкусни. Никога преди не съм опитвал миди."

Слънцето се спускаше от небето. „Време е да спим", каза момчето.

„Благодаря ти още веднъж, че ме накара да се почувствам толкова добре дошъл." Е-3 се прозя. До този момент не беше осъзнал колко дълго е бил буден.

„Ще спиш там горе" - посочи той нагоре, към едно дърво, в което имаше къщичка и въжена стълба, водеща надолу. „Можеш да полетиш нагоре, да си сложиш спирачка, за да не се движиш в съня си. Моята стая е там - посочи той към друго дърво с въжена стълба, която водеше надолу, и къщичка на върха.

„Спете сега" - каза Лачи. „На сутринта ще разберем всичко.

ГЛАВА 2
ЯПОНИЯ

Алфредможе да е бил подхвърлен от Е-3 на път за Австралия. Вместо това той реши да лети по традиционния човешки начин - със самолет.

На Сам му се наложило да води преговори, за да убеди авиокомпанията да даде място на лебеда-тромпетист. Да не говорим за място отпред в първа класа. Сам използва връзките си в работата, за да помогне на Алфред да пътува със стил.

В салона на самолета, със слушалки и щастливата си папийонка, Алфред се чувстваше като у дома си. Беше спокоен, а служителите в салона бяха внимателни. Въпреки това той нямаше търпение да пристигне в Япония. И да се запознае с момчето на име Харуто.

Алфред беше прибрал раницата си наблизо, а в нея имаше няколко закуски. Щеше да изчака, докато наистина огладнее, преди да се зарови в пакетчетата с див ориз и дива целина. Заедно с храната имаше резервна батерия за телефона си и кредитната карта на Сам с писмо за съгласие да я използва.

Докато гледаше през прозореца, докато облаците летяха покрай него, той си мислеше за Харуто. Според бележките на Розали той беше много по-млад от другите деца. И тя нямаше представа какви са силите му - ако приемем, че той имаше сили.

Планът на Алфред беше първо да обясни всичко на родителите на Харуто и да се надява да ги привлече на своя страна. След това да навлезе в повече подробности за това как Харуто би могъл да помогне, след като потвърди своята област на компетентност, т.е. какви сили има.

Трудната част щеше да бъде да ги убеди да позволят на малкия си син да пътува в чужбина. Плащането не беше проблем - Сам каза, че за това трябва да използва кредитната си карта. Но да ги накара да се съгласят да позволят на лебеда да отведе детето им в Северна Америка, сега щеше да се наложи да ги убеди.

Той се облегна назад на седалката и тя се наклони.

„Искате ли нещо? - попита симпатичната стюардеса.

Добре, че хората вече го разбираха. Това много улесняваше живота му, тъй като нямаше нужда от преводач.

„Една чаша чай би ми дошла добре - каза Алфред. „В купа“, добави той. „Трудно е да вкараш този клюн в чаша.“

Служителят се усмихна. Минути по-късно се върна с купа, пакетче чай, захар, мляко и още една купа с хладка вода. „В случай че чаят е твърде горещ“ - каза тя.

„Наистина много грижовно“, каза Алфред.

Той остави чая да изстине и продължи да гледа през прозореца. Беше толкова хубаво да можеш да седнеш и да се наслаждаваш на гледката. Без да се притеснява за големи пориви на вятъра, за сняг, за дъжд или за хищници.

Накрая изпи чая си с малко мляко и захар, след което си взе дозата.

Събуди се от съобщението, че стюардесите подготвят пътниците за кацане. Беше проспал целия полет!

През прозореца имаше пълна гледка към летище Ханеда. Около него видя много и много свежа трева, която можеше да изяде. Опита малко, а ориза и целината остави за по-късно.

По-нататък се виждаха очертанията на най-високата планина в Япония - връх Фуджи. Сам беше прав, да седиш от лявата страна на самолета беше най-доброто място да видиш това, което беше известно като сърцето на Япония.

„Знаеш ли, че на петия етаж има наблюдателна площадка? Оттам може да се види по-добре планината Фуджи" - каза на Алфред стюардесата.

„Иска ми се да имах повече време, но ви благодаря. Може би на връщане."

Стюардесите му позволиха да излезе пръв от самолета. Те се наредиха на опашка, за да се сбогуват с него, сякаш беше рокзвезда.

Тъй като Алфред имаше само ръчната си чанта, а лебедите не отговарят на изискванията за паспорти, той се измъкна от летището, за да намери такси.

Преди пътуването беше потърсил в интернет как да наеме такси в Япония. Информацията гласеше, че трябва да търси червен стикер в долния десен ъгъл на предните стъкла на такситата. Този червен стикер потвърждавал, че таксито може да бъде наето.

Когато намерил такова със стикера, той бил много щастлив. Той долетя до отворения прозорец и даде на шофьора бележка с помощта на човката си. Бележката показваше къде трябва да отиде. Шофьорът беше любезен и нямаше нищо против да превози лебедов пътник. Той натисна един бутон на волана, който отвори задната врата, за да може Алфред да се качи. Шофьорът затвори вратата и те потеглиха.

Харуто и семейството му живееха във втория по големина град в Япония, наречен Йокохама. Въпреки че се опитваше да разгледа забележителностите, включително хоризонта, единственото, за което мислеше, беше как да убеди Харуто и семейството му да се включат в борбата им срещу Фуриите.

Телефонът в раницата му завибрира. Той посегна към него; това беше съобщение от E-З.

„С Лачи сега. Как си в Япония?"

Той набра с клюна си - умение, което беше научил сам, тъй като пътуваше сам до Япония. Беше и бърз и не правеше много печатни грешки.

„Почти до Йокохама с такси. Надявам се скоро да пристигна в дома на Харуто."

E-Z му изпрати емотиконка с вдигнат палец.

Синът на Алфред обичаше да конструира роботи Гъндам. В Йокохама се строеше гигантски робот. Когато бъде завършен, той ще бъде висок 59 фута, откри той, докато четеше за него в интернет. Синът му с удоволствие би посетил Япония, за да го види. Откакто те починаха, Алфред се опитваше да не мисли за тях, тъй като това го натъжаваше. Днес обаче, тук, в Япония, той реши да види всичко, което може, сякаш семейството му е било там, до него. Животът беше твърде кратък, дори и като лебед, за да бъде постоянно тъжен.

Шофьорът спря пред една градинска къща със стъпала с цветя от двете страни на парапета.

Шофьорът отвори вратата си и Алфред излезе. Той изкачи няколко стълби, спря и закуси от тревата, която беше в изобилие от двете страни на стълбището. Въздухът беше прохладен и ароматен, а частната градина в предната част на къщата беше красива. Почти стигнал до върха, той забеляза, че предната част, обграждаща къщата, е много привлекателна, а вляво, близо до входа, има воден елемент със сова. Въпреки това в самата къща всички щори бяха спуснати, сякаш никой не беше вкъщи. Надяваше се някой да го посрещне. Искаше му се да закуси и да си почине малко.

Почука на вратата с човката си. Гласът излизаше от една кутия близо до средата на вратата, която той не можеше да достигне, без да излети - което и направи.

„Казвам се Алфред", каза той.

Вратата се отвори и една възрастна жена го прикани да влезе вътре. Той я последва, като се чудеше дали някой от екипа не се е свързал със семейството, за да се представи преди пристигането му.

Продължи да я следва, като единствените звуци, които се чуваха, бяха пляскането на паяжинените му крака по дървения под. Вътрешността на къщата беше изпълнена с дърво - и ароматни орхидеи изпълваха въздуха. Възрастната жена го поведе към дневната зона, която беше изпълнена с мебели, предимно кожени. Щорите в задната част на къщата бяха отворени - той се наслади на гледката към плюшената зеленина в задната градина. Тя посочи към един стол и той се пресегна да седне в него.

Тъкмо се настани удобно, когато жената се върна в стаята с поднос, пълен с горещ чай и няколко сладкиша. Сякаш го беше очаквала - или това, или в Япония чайниците се варят за много по-малко време.

Зад нея стоеше малко момче, което се държеше за крака й и се криеше зад него. Момчето беше на подходяща възраст, за да бъде Харуто, но след като беше прочела, че човек не бива да нарича японците по име, без да му е разрешено. От време на време момчето поглеждаше към Алфред, след което отново се скриваше. Изглеждаше най-много на четири-пет години и беше облечено с тениска на Оптимус Прайм, къси панталони и чехли на краката.

„Харесваш Оптимус Прайм?" Алфред попита.

Момчето се усмихна, след което се върна в скривалището си.

Жената го отблъсна, за да може да сервира чая.

Алфред беше настроил преводач на телефона си. Той прочете на екрана думите „Здравей" и каза: „Кон'ничива". Той се извини за лошото си произношение.

„Той е британец" - каза момчето и когато го направи, възрастната жена се ухили.

Алфред беше изненадан от това колко добре това младо момче говори английски. „А, вие говорите английски. И да, аз съм. Умен сте, че сте забелязали акцента ми".

Този път момчето погледна жената, преди да заговори. Тя кимна.

„Баща и майка са на работа", каза той. „Това е моята Собо" (което в превод означава баба) „и се казвам Харуто".

„Здравейте", каза жената, също на английски. „Трябва да се върнете по-късно."

„Името ми е Алфред. Мога ли да ви наричам Харуто?" Момчето кимна, а след това към жената: "Как да ви наричам?"

„Собо", каза тя, "всички ме наричат Собо, тъй като съм баба на Харуто, аз съм баба на всички. Той е щастлив да ме сподели."

Алфред кимна: „Много ми е приятно да се запозная с вас двамата".

„Розали ли те изпрати?" - попита момчето.

„Помниш ли Розали?" Алфред попита. Беше супер доволен, че имат тази връзка - макар че ако знаеше предварително, че Харуто може да говори английски, може би щеше да си спести някои притеснения. Въпреки това той реши да последва съвета на жената и стана, за да си тръгне.

„Баща ми работи наблизо - каза Харуто.

„Трябва да намеря място, където да остана. Можете ли да ми препоръчате място наблизо?"

Бабата на Харуто даде на Алфред адрес с указания как да стигне дотам пеша.

„Ще се обадя на нашия приятел, който управлява хотела. Той ще ти помогне да се настаниш, а по-късно можеш да се присъединиш към сина ми в кафенето".

„Благодаря", каза Алфред.

Разходката до хотела беше кратка и той се наслаждаваше на свежия въздух. Дори опита от японската трева, която имаше доста добър вкус, и отпи няколко глътки и от фонтаните.

Стаята беше малка, но разполагаше с всичко, от което се нуждаеше, и беше изключително чиста и добре обзаведена. На нощното му шкафче имаше лампа с основа във формата на сова. Той я включваше и изключваше, като забелязваше как очите ѝ светят. Взе си душ, преоблече се с друга папийонка и се отправи към кафенето, където щеше да се срещне с бащата на Харуто.

Телефонът му избръмча; това отново беше съобщение от Е-З.

„Как е в Япония?"

„Хубаво" - отвърна той, като използва клюна си, за да пише. „Запознах се с Харуто и баба му. Те говорят английски. Той е много срамежлив, но познаваше Розали. Беше забележимо млад - може би на четири или пет години. Може би ще е трудно да убедим семейството му да му позволи да дойде в Северна Америка".

„Розали знаеше, че той има сили - но да, това е по-млад, отколкото си мислех, че ще бъде" - каза Е-З. „Добре, че говорят английски. Къде сте сега?"

„Отивам в едно кафене, за да се срещна с бащата на Харуто. Между другото, не мисля, че Розали е имала време да актуализира или допълни бележките си за Харуто. Тя го наричаше бебе."

„Не съм сигурна доколко трябва да сме загрижени на този етап, но четох в интернет - пишеше, че Фуриите могат да приемат всякаква форма. Просто споделям информацията. Тъй като не можем да ги разпознаем, ако разберат за нас, ще трябва да сме внимателни".

Алфред изпрати емотиконка с вдигнат палец.

„Трябва да тръгвам", каза Е-З.

ГЛАВА 3
ЛОШИ СЪНИЩА

Е-3 беше заспал и буден. Тоест виждаше тавана над леглото си, усещаше как матракът подпира гърба му. И все пак в главата му пищяха три банши:

„Кажи ни къде си!"

„Кажи ни!"

„Кажи ни СЕГА!"

После над главата му на тавана се появи огледало. Но човекът в него, който се отразяваше в него, не беше той. Вместо това беше неговият чичо Сам. А в отражението чичо му Сам крещеше и се гърчеше от болка.

„Чичо Сам е в нашата бърлога!" - изкрещя първата вещица.

„И никога повече няма да се върне обратно!" - заговориха в един глас другите две.

След това трите избухнаха в някакъв смях, какъвто той не беше чувал никога досега. Звуците бяха подобни на хиени, гърлени, животински.

„Говори!" - изискаха злите вещици и побутнаха и побутнаха чичо Сам, сякаш беше плоча месо, която се приготвя преди печене.

„Е-З" - каза чичо Сам, като гласът му трепереше, сякаш тялото му се отразяваше. „Каквото и да искат, не им го давайте. Без значение какво ще ми направят, не се поддавай."

„Ако го нараниш - каза Е-З, - аз ще, аз ще..."

„Кажи ни къде си, къде са всички те и ще го пуснем", запяха заедно с глас, който не би изглеждал неуместен и в Хадес.

„Всичко, от което се нуждаем, е една или две следи" - каза вторият.

„Попълни ни кой кой е - каза първият.

„Или ще се разправим с вие знаете кой" - каза третият.

След това се разсмяха. От гласовете им в главата му го болеше толкова много. Но той само сънуваше. Трябваше да се събуди - СЕГА.

„Ахxxxxxxxxxxxxxxxxxxxx!" Чичо Сам извика.

Още смях.

Е-Зи се събуди и бързо осъзна, че е в Австралия с Лачи, а не у дома в собственото си легло. Той провери телефона си, но имаше само една лента. Щеше да продължи да проверява, докато не получи достатъчно барове, за да се обади на чичо Сам. За да се увери, че е добре. Че това е било кошмар и нищо повече.

Под къщичката на дървото чуваше как Лачи се движи. Вероятно приготвяше закуска. Беше хубаво да види живота на младежа. Как се е събрал отново след всичко, което е преживял. Хората бяха доста забележителни.

Каквото и да приготвяше Лачи, миришеше добре и първото му желание беше да полети долу и да му разкаже за кошмара си. Но нещо в задната част на съзнанието му подсказваше, че трябва да го запази за себе си - засега. В края на краищата Фуриите не можеха да знаят къде живее той. Къде живееха всички те. Той отново провери баровете на телефона си - този път нямаше дори един бар. Пъхна го в джоба си и полетя надолу.

„Хубаво ли си се наспа?" Лачи попита, като преливаше с лъжица течност от тенджера, разположена над огъня, в купа.

Е-Зи я прие. „Имах странен сън, но иначе - да. Там горе е хубаво. Благодаря, че бяхте толкова любезни."

„Не се притеснявай. Тук има много духове. И непознати за теб звуци. Ако искаш да поговорим за съня, не се притеснявай", каза Лачи.

„Може би по-късно."

„Добре, продължавай да копаеш. Надявам се да ти харесат гъбите."

„Обичам ги“, каза Е-З, докато сипваше в устата голямо количество от горещата пареща супа. „Много е вкусна.“

„О, почакай малко, забравих дамаджаната - това е хляб.“ Той отвори едно алуминиево фолио, което се намираше в центъра на огнището, и го разкъса на четвъртинки, като даде на Е-З първата част.

„Това е най-добрият хляб, който някога съм опитвал! Как се научи да готвиш така?“

„Някакви местни хора ме научиха. Радвам се, че ти харесва.“

Седяха тихо, докато слънцето им се усмихваше от високо в небето. Е-З се опитваше да не мисли за кошмара си. Той извади телефона от джоба си и отново провери баровете. Едва един. Обичаше технологиите - когато работеха.

„Сега, след като коремът ти е пълен, нека поговорим за това защо си тук - каза Лачи. „И най-вече как мога да ти бъда полезен.“

Е-Зи не проговори, вместо това отново погледна телефона си с обнадеждено сърце. Лачи не изглеждаше притеснен от това, тъй като откъсваше поредното парче дампер. Накрая той се съвзе и съсредоточи вниманието си върху въпроса.

„Съжалявам, мислите ми бяха на милион мили разстояние“.

„Това не е проблем. Искаш ли още дампер?“

„Не, добре съм. И така, бих искал да знам преди всичко какво ти е казала Розали за нас тримата. Имам предвид Алфред, Лия и мен.“

„Да, тя ми разказа всичко за вас тримата. Сякаш беше тук, при мен, и ми разказваше приказка за лека нощ. Колкото повече разказваше, толкова повече исках да се запозная с вас, да ви помогна.“

„Радвам се да чуя, че искаш да помогнеш. Нека обаче първо да те запозная с подробностите, преди да се ангажираш. Няма да е лесен пътят, който предстои на всеки от нас“.

„Не се страхувам от предизвикателства“, каза Лачи. „Какво ти каза Розали за мен?“

„Честно казано, тя не ми каза много, но прочетох за теб в интернет. Разбра ли някога какво се е случило с родителите ти?“

„Не, а и не искам да го правя. Щастлива съм тук, самодостатъчна съм. Не се нуждая от никого.“

„Всеки има нужда от приятели“, каза Е-З.

„Може би.“

„Розали разказа ли ти за „Фуриите“?“

„Не, но тя каза, че един ден ще ме повикаш, когато имаш нужда от помощта ми в борбата със злото. И спомена Фуриите - за които вече бях чувал.“

„Наистина? Какво чухте?“ Е-З попита.

„Хората от коренното население, от които научавам по нещо ново всеки път, когато съм с тях, знаят всичко за Фуриите. Те са се насочили към оригиналните, опитват се да ги накажат и да ги изласкат от земите им".

„Лачи" се изправи, наля малко вода върху огъня и се увери, че е напълно угаснал.

„Аз например вярвам, че злото трябва да съществува, за да може доброто да оцелее - но трябва да има някакъв кодекс - а те не следват кодекс. Всичко, което правят, е за собственото им самосъхранение, а това не е начин да се живее".

„Това са мъдри думи за дете на твоята възраст" - каза Е-З. След като ги каза, се почувства малко смутен, сякаш твърде много се опитваше да бъде мъдър, бидейки по-големият от двамата. „Мисля, че вероятно си на седем или осем години, нали?"

„Мисля, че е така, но що се отнася до истинската ми възраст, не съм сигурен. Когато ме намериха, не откриха никакви документи, които да я доказват. Предполагам, че когато гласът ми започне да се променя, ще имам по-добра представа." Той се засмя.

„Междувременно можеш сам да избереш възрастта си - предложи Е-З.

„Както аз сам си избрах името" - каза Лачи. „Както и да е, каквото и да ти трябва, аз съм съгласен."

„Това, което се случва с „Фуриите", е, че те използват интернет. Знаеш за интернет, нали?"

„Знам. В библиотеката има wi-fi. Обичам да чета. Митологията е доста готина. Научната фантастика също."

„Фуриите" използват онлайн мултиплейър игри, за да уловят децата. Повечето деца играят игри, включително и аз", каза Е-З.

„Игрите са губене на време" - каза Лачи. „Така ме учеха учителите от коренното население. Животът е твърде кратък, за да го пропиляваме с безцелни разсейвания".

„Но всички обичат игрите", каза Е-З. „Мога да ви дам данни за целия свят, но най-важното е, че Фуриите се възползват от този феномен. Сякаш всяко дете, което играе, им е дало достъп до сърцата и умовете си."

„Как така?"

„За да повишиш нивото си в играта, трябва да изпълниш списък със задачи. Това е единственият начин да се придвижиш напред в играта. Ако не вършеше това, което се иска от теб, нямаше да има смисъл да играеш играта. И все пак това, което се иска от вас да направите, в много случаи противоречи на закона в реалния живот."

„Против закона! Като какво?" Лачи попита.

„Като например да убиваш."

Лачи поклати глава.

„Това е игра, така че правиш каквото трябва, за да преминеш на следващото ниво".

„Добре, мисля, че го разбирам. Задачата на Фуриите е да наказват онези, които са извършили престъпления и са останали ненаказани. Те изкривяват този мандат, за да навредят на децата, които играят въображаема игра".

„Точно така, Лачи. Точно така. А когато децата умрат, те крадат душите им."

„За какво?"

„Чувал ли си някога за ловци на души?"

„Не", каза Лачи.

„Когато умреш, душата ти има място за вечен покой. То се нарича Ловец на души. Но на тези деца не им е писано да умрат, когато Фуриите ги вземат, така че няма Душеловка, която да ги чака."

„Откъде знаеш всичко това?" Лачи попита.

„Архангелите не само ми казаха, но и ми показаха. Няколко пъти съм бил в моя Ловец на души. Те ме призоваваха там. Дори не знаех как се нарича, докато не се появи всичко това. Това не е нещо, с което хората би трябвало да се занимават. Повечето си мислят, че отиваме в рая или в ада".

„Добър въпрос. Такъв, за който не се бях замислял преди. Предполагам, че съм предполагал, че съм специално обстоятелство", каза Е-З. „Но знам, че архангелите са объркали нещо. Нещо, за което те не искат да говорят. Може би затова се нуждаят от нашата помощ, за да поправят това нещо."

„Как обаче го правят? Това е, което не разбирам."

„Изкривили са правилата, надявайки се да поемат контрола над всички Ловци на души.

Когато умрем, душите ни трябва да отидат в един, който ни чака, когато умрем. Не е предвидено те да могат да се прехвърлят. Ако те контролират всички, тогава всяка душа няма да има къде да отиде. Това ще тласне задгробния живот към хаос. И така, сега, след като чухте всичко - все още ли сте съгласни?"

„Да, определено. Освен това няма какво по-добро да правя тук. Би трябвало да е интересно приключение".

„За да бъда сто процента честен - каза Е-З, - няма да е лесно. И ще изложиш живота си на риск заедно с останалите. Но ние ще си пазим гърбовете един на друг.

„Ще победим!"

„Силно се надявам, но първо трябва да измислим как да стигнем дотам. Чичо Сам е задържал няколко самолетни билета за нас. Това, което трябва да направим, е да ги вземем от най-близкото международно летище. Той ги е запазил."

„Няма нужда!" Лачи каза. „Имам си собствен транспорт." Той сложи двата си пръста в устата си и изсвири.

В продължение на няколко минути не се случи нищо.

„R---R---R---RRRRRRRRRRRRRR.""Wh-what was that?" Е-З попита.

Лачи стоеше съвсем неподвижно, докато дърветата се размествах и се движеха с шепот.

След това Е-З чу размахване на крила. По всичко личеше, че това, което идваше, имаше гигантски крила.

След това съществото се провря през листата на дърветата. То нямаше да е неуместно в някой от филмите за Хари Потър.

„Това дракон ли е?" Е-З попита.

„Той е австралиец", каза Лачи. „Известен е и като птерозавър, така че е местен." На дракона той каза: „Добър ден, приятелю" и тръгна да го поздрави. Огромното люспесто същество сведе глава. Лачи го погали, след което скочи на гърба му.

„Хайде, Е-З, какво чакаш?"

„Имам си собствен транспорт."

Лачи отметна глава назад и се засмя.

„ХА-ХА-ХА-ХА-ХА-ХА-ХА!"

създанието се присъедини към него.

„Името му е Бейби", каза Лачи. „Качи се, защото Бейби иска да те повози, а каквото иска Бейби, това получава."

„Но моят стол!"

Бейби протегна дългия си врат и вдигна Е-З. Без стол, той го хвърли на гърба си. Е-З се хвана за Лачи, докато Бебето скачаше във въздуха.

„Внимавай за дърветата!" Е-З извика.

Лачи и Бейби се засмяха.

Отлетяха над километри и километри червен пясък.

Скоро Е-Зи не се страхуваше.

Прелетяха над няколко скални образувания, едно от които приличаше на легнал Хоумър Симпсън. След това видяха Улуру, огромния червен монолит.

Прекараха целия ден, летейки из Австралия, за да се насладят на забележителностите.

„По-добре да се върнем", каза Лачи. „Трябва да се наспим добре, преди да потеглим за Северна Америка и да се срещнем с останалата част от екипа".

„Звучи като план", каза Е-З. Сега вече се наслаждаваше на пътуването все повече и повече и му се искаше то никога да не свършва. Нямаше да падне, имаше крила, ако се нуждаеше от тях - но знаеше едно нещо със сигурност, че летенето на Бейби е животът.

Чудеше се само къде ще я държи, когато се върнат отново у дома. Драконът беше твърде голям, за да се побере в гаража. Щеше да се справи с този проблем, когато преминеше по този мост. Може би ако с Малката Дорит се сприятелят, ще могат да се настанят заедно?

„Не се притеснявай за мен - каза Бейби.

Е-Зи направи двоен завой.

„Е, да, аз мога да чета мисли. Не през цялото време и не на всички" - каза Бейби. „Аз сама ще си уредя спането. А що се отнася до Малката Дорит, ами, еднорози и дракони обикновено не се разбират - но бих била готова да опитам."

Бейби ги остави и отлетя в нощта.

Е-З си спомни за чичо Сам, но беше твърде уморен, за да направи нещо по въпроса. Щеше да му се обади на сутринта. Разбира се, всичко щеше да е наред.

ГЛАВА 4

ОТПЪТУВАНЕ ОТ OZ

Наследващата сутрин, докато Е-3 и Лачи се подготвяха за пътуването си, те разговаряха и се опознаха по-добре.

„Трябва да заредя телефона си и да се обадя на чичо Сам. Бих искал да направя една спирка, за да направя и двете, преди да напуснем Австралия".

„Няма проблеми, тъй като и аз бих искал да взема няколко провизии. Можем да направим всичко по едно и също време. Аз ще пазарувам, ти можеш да заредиш телефона си и да се обадиш на чичо си. Има ли нещо, за което трябва да знам?"

„Само един странен сън, който имах. Накара ме да го проверя, за да не се тревожа излишно."

„Достатъчно справедливо", каза Лачи, докато прибираше някои неща за готвене, така че да са на сигурно място, докато се върне. „Със сигурност ще ми липсва това място.“

„Знам, както и приятелите ти, но ще намериш нови и всички ще те накарат да се чувстваш като у дома си. Освен това ще се върнеш, преди да се усетиш.“

„Точно това ме притеснява. Ами ако не искам да се върна? Какво ще стане, ако свикна да имам хора наоколо? Да бъда разглезена с удобства?“ Той направи пауза, когато две свраки кацнаха - по една на всяко от раменете му. Птиците леко кълвяха ушите му, сякаш му шепнеха. Лачи се усмихна и те отлетяха.

„Какво казаха?“ Е-З попита.

„Нищо особено. Казаха само, че ме обичат и че ще им липсвам.“ Един гарван долетя и кацна на рамото му. „Това е моят приятел Ерол.“

„Приятно ми е да се запозная с теб, Е-З“, каза Е-З. „Как се сприятелихте?“

Лачи се засмя. „Забавно е да питаш това. Ерол е наоколо от изключително дълго време. Всъщност неговият дядо много пъти е бил домашен любимец на някой, който може да е ваш далечен роднина. Това е, ако си роднина на Чарлз Дикенс?“

Е-З се наведе и кимна. Сега Лачи определено имаше цялото му внимание.

„Чарлз Дикенс е имал домашен любимец гарван, който се е казвал Грип. Според историите, разказвани през годините, именно Грип е вдъхновил Едгар Алън По да напише най-известното си стихотворение, наречено „Гарванът“.

„Уау, това е толкова готино!“ Е-3 възкликна.

„Птиците са супер интелигентни. Както и старейшините от коренното население, които ме взеха под крилото си, когато за първи път пристигнах в пустошта. Те ме научиха да чета и пиша, да приготвям храна. Научиха ме и как да разпознавам и да избягвам отровните представители на флората и фауната.

„Всеки ден научавам по нещо от съществата, които срещам и с които разговарям. Казват, че в старите времена всеки можел да разговаря с животните - не само аз - но нещо се е променило. Мислят, че се е случило в мозъците ни, но каквото се е случило с всички останали, не се е случило с мен.“

„Как разбраха, че си различен?“

„Казват, че са чували за мен, когато съм се родил и когато съм станал момчето в кутията. Още преди да се родя, слуховете за мен се носели шепнешком по целия свят. Те са ме чакали, това ми казваха от дълго време“.

„Колко дълго?“ Е-3 попита.

„Не искам да звуча дебелоглав, но казват, че Моцарт е знаел за мен - имал е домашен скорец и е живял през XVII век. Това е по-скорошно. Преди него може да се проследи до Вергилий през 70 г. пр. н. е. Знаеш ли, че той е имал домашна муха?"

„Наистина? Муха - домашен любимец?"

„Разговарях с една храстова муха, която е била роднина на Вергилий - името му беше Леонард, или накратко Лео, и той потвърди всичко." Лачи вдигна една саксия и я скри в храстите, заедно с някои други неща. „Разговарях и с роднина на папагала на Андрю Джаксън. Птицата на Джаксън се казвала Пол - била подарък за съпругата му - и била мъжка, но тъй като роднината му била жена, името ѝ било Поли. Тя имала странно чувство за хумор!"

„Звучи така. Надявам се, че ще можем да поговорим повече, но трябва да те попитам за специалните ти сили - и скоро трябва да тръгваме, ако си прибрал всичко на сигурно място."

Лачи кимна: „Разбира се. Почти съм готов. Само трябва да осигуря още няколко неща. Междувременно, защо първо не ми разкажеш за себе си?"

„Ами, вече си виждал мен и моя стол в действие - да, можем да летим. Моят стол има специални сили, освен че лети, може да залавя престъпници и има вкус към кръвта. Ние сме двойка, моят стол и аз, като Батман и неговия батмобил."

„Готино!" Лачи каза. „Но това с кръвта е някак странно."

„Waste not want not, не знам кой го е казал, но столът ми изглежда е съгласен. Вместо да я оставя да капе на земята, той я попива.

„Първата ни спасителна акция беше на едно малко момиче - спасихме го от удар от автомобил. След това спасихме самолет, пълен с пътници. Не искам да се хваля и съм сигурен, че сте разбрали същността. Благодарение на това, че помагах на другите, открих, че сега съм супер силна, както и моят стол. А и сме защитени от куршуми".

„Искаш да кажеш, че хората са стреляли по теб?"

„Да, имали сме няколко ситуации, свързани с оръжия. Сега е твой ред."

Най-невероятната ми сила е, както вече видяхте - мога да разговарям с всякакви същества, изобщо с всякакви. Всъщност вчера, когато си мислеше, че говориш с Бейби, е, донякъде беше така, но ако не бях аз, тя щеше да говори небивалици. Тя общува с теб чрез мен. Аз съм като мрежа, мрежа за безопасност. Мога да я изключа или да я отворя в зависимост от това какво реша.

„Когато бях в тази клетка, животните седяха навън и си говореха. Понякога си мислех, че общуват с мен, но после си мислех, че може би полудявам. Веднъж една хлебарка влетя през решетките на клетката ми и каза, че може да ми помогне да изляза, ако искам.

„Фъф, мразя хлебарки. Никога не съм чувал за летящи хлебарки."

„Всъщност те са доста умни и имат огромен инстинкт за оцеляване - имам предвид, че ще изядат всичко".

„Жалко, че не са изяли хората, които са те сложили в тази кутия". Е-З се замисли за момент. „Защо не го оставихте да се опита да ви спаси? Имам предвид, че нямаше какво да губиш."

„Каква е онази стара поговорка, че е по-добре дяволът да те познава?"

„Разбирам я. Значи не си се страхувал от хората, които са те държали?" "Не, не.

„Всъщност това не беше кутия - беше клетка. Но звучи по-добре, ако я наричат кутия. Освен това те никога не ме нараниха. Държеше ме да се храня и да се пои. Сменяха вестника. И всъщност никога не съм ги виждал кои са, тъй като носеха маски".

„Не разбирам защо изобщо са те държали там".

„Това не мисля, че някога ще разбера. И не се мотаех наоколо, за да получа някакви отговори, след като ме пуснаха на свобода".

„Как се случи това?"

„Направиха ми стая в същата къща. Изпратиха една приятна дама да се грижи за мен. Никога не излизах от къщата. Беше твърде страшно за мен."

„Успяхте ли да говорите? Искам да кажа, че ако сте били в клетка завинаги, тогава имате ли спомени отпреди? За родителите си?"

„Не ми харесва да говоря за това. Миналото си е минало. Не мога да го променя. Винаги гледам напред. Но аз не съм се родил в клетка. Понякога ми се струва, че си спомням как съм ходил на училище. Но това може да е било сън. В някои дни е трудно да се направи разлика между двете".

Е-Зи си припомни, че трябва да се обади на чичо Сам.

„И така, как се озовахте тук, живеете с животни и сте сто процента самостоятелен? Предполагам, че хората не ти липсват?"

„Не може да ти липсва това, което не помниш. Що се отнася до животните, не аз ги избрах, а те мен. Те дойдоха в къщата, сякаш знаеха, че вече не съм в клетката, и ме чакаха да изляза. Те вече знаеха, че мога да говоря с тях, да ги разбирам - но аз не знаех, че мога, докато не се опитах да го направя. Тогава пред мен се отвори цял един свят и аз трябваше да бъда част от него. Вече не бях сама. Тогава те ми предложиха да ме отведат и да ме пазят. Сега вече сте в крак с историята на Лачи."

„Това е невероятна история. И така, да говориш с животни. Нещо друго, което си открил?"

„Ами да. Но това е съвсем ново."

„Разкажи ми за него."

„По-добре е да ти го покажа."

„Добре", каза Е-З.

Той наблюдаваше как Лачи се изправи и тръгна към близкия евкалипт. За секунда остана до дървото, после пристъпи напред, така че застана пред дебелия изветрял ствол на дървото. После изчезна.

„Какво?"

Лачи се премести от другата страна на дървото, после се върна обратно до ствола.

„О, значи си невидим?"

„Не, погледни по-внимателно." Той се отдалечи от дървото. „Продължавай да гледаш очите ми."

Е-З направи това и видя очите на Лачи в ствола на дървото, но не можеше да види Лачи. „Чакай малко", каза Е-З. „Разбрах. Това е камуфлаж - ти си хамелеон. Уау!"

Лачи се засмя, след което се върна на мястото си.

„Как го открихте? Това е наистина готина сила. Можеш да се слееш практически навсякъде и никой никога няма да разбере!"

„След като известно време живях със съществата - без да виждам хора, - един ден оттук минаха група туристи. Тръгнах да се покатеря на някое дърво и да се скрия, но нямах достатъчно време - затова просто се спрях до ствола на едно дърво и останах неподвижен. Те минаха покрай мен, сякаш не съществувах. Не можех да разбера. Една птица кацна на рамото ми, а една змия пропълзя по крака ми. Те можеха да ме видят, но хората - не. Тогава разбрах, че съм хамелеон."

„Какво е усещането? Имам предвид, когато влезеш в режим на маскировка?"

„Не се чувствам като нещо различно. Просто се случва.“

„Готино. Е, искаш ли да научиш нещо за останалите членове на екипа и какви умения носят те?“

Лачи кимна.

„Ще ти хареса Лия. Тя е зряща. Очите ѝ са в ръцете ѝ и тя може да вижда сега, в съзнанието на някои хора, а понякога може да надникне и в бъдещето, какво ще се случи. Изглежда, че тази част от силата ѝ се увеличава. Разбира се, има и възрастова разлика. Когато се срещнахме за първи път, тя беше на седем, а сега е на дванайсет.“

„Това е наистина страхотно“, каза Лачи. „И чух, че майка ѝ и чичо ти Сам са...“

„Имаш ли нещо против, ако тръгнем. Само като чуя името на Сам, тревогата ми отново нараства“.

„Не се притеснявай“, каза Лачи. Той изсвири и Бейби пристигна и потеглиха към най-близкия град, където Лачи взе няколко неща, Е-З включи телефона си в зарядното и когато той беше достатъчно зареден, веднага се обади на номера на Сам.

Нямаше отговор, вместо това обаждането отиде направо в гласовата поща на Сам. Той проба телефона на Саманта и тя отговори веднага. „Здравейте, тук е Е-З, има ли чичо Сам?“

„Разбира се, Е-З, само за секунда." Някакъв шепот. „Здравей, хлапе", каза Сам. „Къде си сега, летиш ли вече над океана?"

„Е, просто проверявам дали всичко е наред с теб", каза Е-З. „Ако е така, моля, кажете кодовата дума."

„Спондж Боб Квадратни гащи", каза чичо Сам.

„О, слава богу", каза Е-З. „Имах странен сън, че Фюри са те задържали."

„А, имаме приятели и тъкмо се готвим да седнем и да потопим някои неща във фондюто. Имаме шоколад с плодове, сирене и зеленчуци и сирене с хляб и месо. Изборът е доста голям и имаме няколко вида вино. Близнаците вече са легнали за през нощта".

„Е, това звучи..."

„Трябва да тръгвам Е-З, ще се видим скоро. Пази се."

„Чичо ми е добре, а и ще правят фондю - звучи като малко парти".

„Какво е фондю?" Лачи попита.

„Това е тенджера, в която се разтопява нещо и след това в нея се потапят други неща. Например потапяне на ягоди в шоколад и парченца хляб в сирене. И си прав, те вече са женени, а наскоро им се родиха близнаци, така че къщата е доста пълна и шумна".

„Ооо, звучи страхотно", каза Лачи.

С напълно зареден телефон на Е-З, с провизиите на Лачи, безопасно прибрани на гърба на Бейби, двойката отлетя от Австралия. Те разговаряха, докато пътуваха. След часове, в които не видяха нищо интересно, и с къркорещи стомаси те се приготвиха да кацнат за храна и почивка в тоалетната.

„Така или иначе скоро ще трябва да кацнем, за да обядваме - освен това вече съм гладен! И между другото, поздравления!"

„Благодаря! Можем да спрем на Хаваите за чийзбургери и пържени картофи" - предложи Е-З.

„Не знаех, че хавайците са се специализирали в производството на бургери и пържени картофи."

„Те са част от САЩ, така че чийзбургерите и пържените картофи - да не говорим за гъстите шейкове - са отлични традиционни храни, които можеш да опиташ, и ти гарантирам, че ще ти харесат."

„Аз не ям месо. Кравите също са хора."

„Имат нещо на вегетарианска основа, то все пак е чийзбургер и ще ви хареса. О, нямаш нищо против да пиеш краве мляко, нали?" "Не.

„Не, нямам."

„Добре, столче и бейби - да отидем до най-близкото заведение за чийзбургери, което предлага и вегетариански бургери", предложи Е-З, докато къркорещият му стомах даваше да се разбере.

„Напред!" Лахлан извика, докато Бейби търсеше подходящо място за кацане.

ГЛАВА 5
BRANDY

Лияи нейният спътник еднорог Малкия Дорит летяха през облаците.

Лия оценяваше грациозните, но бързи движения на своя спътник. Заедно те измислиха игра, наречена „Прескочи облаците“. В зависимост от вида на облака те скачат над него, под него или през него. Преминаването през него беше най-забавно.

„Обичам, когато сме вътре в облака“, каза Лия. „Протягам ръка, за да го докосна, но там няма нищо.“

„Изглежда, че търговският център долу е мястото, където отиваме“, каза Малката Дорит, преди да изпълни троен скок, минавайки над, после под, после през същия облак.

„Уиииии!“ Лия възкликна.

„Благодаря, благодаря“, каза еднорогът, като посочи надолу.

„Пазаруване, а?" Лия каза, докато го разглеждаше. Беше голям търговски център, дълъг почти един квартал. „Надявам се, че няма да ми трябват много пари, но мама ми даде кредитната си карта, в случай че ми потрябва".

„Бранди стои на пътеката в магазина за хранителни стоки и пълни количка, за да си уплътни времето. Най-добре да побързаме, защото майка ѝ скоро ще я потърси" - каза еднорогът.

„Това е наистина страхотно, че можеш да определиш местоположението ѝ по този начин. Нямам търпение да се срещна с нея и да разбера повече за силите ѝ." - каза Лия и обви ръце около врата на Малката Дорит, за да се подготви за кацане. „Винаги съм искала да имам по-голяма сестра, така че това може би е единственият ми шанс."

„Свиркай, когато имаш нужда от мен", каза Малката Дорит, докато Лия слизаше от колата, „и аз ще те посрещна точно тук".

Лия влезе в търговския център през люлеещите се врати. Веднага видя едно момиче, за което се надяваше, че е Бранди, да бута количка в магазина за хранителни стоки. Въз основа на описанието на Розали, това трябваше да е тя.

Момичето беше облечено небрежно, със сива качулка. Тя беше с частично закопчан цип, но достатъчно отворена, за да разкрие червената тениска I Love Music, която се намираше под нея. На джобовете на черните ѝ дънки имаше стикери с музикални ноти. Платнените ѝ маратонки бяха разчетени в тон с тениската.

Лия наблюдаваше момичето няколко мига, преди да тръгне към нея. Чувстваше се малко уплашена. Сякаш се срещаше с някоя знаменитост. В съзнанието ѝ Бранди излъчваше стил и готиност.

Докато Лия се приближаваше, тя си представяше, че един ден скоро ще станат най-добри приятелки. Ще ходят заедно в мола. Ще пазаруват дрехи заедно. Може би Бранди дори щеше да ѝ помогне да си избере нови, изцяло американски дрехи.

„Какво гледаш, момче?" Бранди попита с тон, който не беше много приятелски или сестрински. После с един замах отблъсна ръцете на Лия.

„Това е много грубо" - възкликна Лия. „Никой ли не те е учил на маниери?" Тя обърна гръб на хладното момиче. Тя затаи дъх, преброи до десет, след което отново се обърна с лице към нея. „Розали би се срамувала от теб."

„Ти познаваш Розали?"

„Да, аз съм Лия и не мога да те видя без очите си, които са в ръцете ми." Лия отново вдигна ръцете си.

„Уау!" Бранди възкликна. „Мислех си, че съм странна, но дете, искам да кажа, ама Лия, ти взимаш бисера". Тя пъхна ръце в джобовете си. „Но всеки приятел на Розали е мой приятел."

„Е, благодаря", каза Лия. „Можем ли да отидем някъде да поговорим?"

„Не мога да кажа какво е общото между нас - освен Розали", каза тийнейджърката, докато буташе количката напред, оставяйки Лия зад себе си.

Лия се пребори с хлипането, но успя да изтръгне думите: „Имаме нужда от помощта ви, защото Розали е мъртва."

Бранди спря и си пое дълбоко дъх, докато по бузата ѝ се стичаше сълза, която тя обърна и отми. „Следвай ме, хлапе." Тя изостави количката, включително всички предмети в нея, и те се насочиха към една будка точно в търговския център и седнаха.

„Ще изпия чаша вода" - каза Лия. „Без лед, моля."

„Хайде, дете, живей опасно. Тя ще си вземе една плаваща бира - и то две." След като сервитьорката си тръгна: „Ще ти хареса, не се притеснявай. А сега ми разкажи повече за това защо си тук и ми кажи какво се случи с онази сладка дама Розали".

„Първо, какво ти каза Розали за мен, за нас?"

„Нищо. Знаех коя е тя и знаех, че бди над мен. Отначало мислех, че е ангел, защото можеше да ми говори в главата, както когато се молех като малък. После разбрах, че е истински човек, също като мен, а сега е мъртва. Бих искала да помогна за залавянето на хората, които са я убили - ако затова сте тук, значи съм съгласна. Забавно е, но си мисля, че сега тя е ангел, който все още бди над мен".

„Аз също - каза Лия. „Точно така."

„И така, как се случи това?" Бранди попита. „Ако не е нечувствителна тема да те попитам за това. Винаги смятам, че е най-добре да се говори за странностите, които ни правят такива, каквито сме. Ако имам своите странности, повярвай ми. Всеки има.

„Майка ми би ми се скарала, че ти задавам толкова личен въпрос. Но аз обичам да преминавам към същността. Винаги ли сте имали очи на ръцете си? Бих си помислила, че ще те преследват журналисти и фотографи, хората искат да говорят с теб, да чуят и разкажат историята ти, за да продават списания и вестници."

„О - каза Лия, - повечето хора се интересуват повече от известни измислени герои, като Хари Потър, отколкото от истински хора. Ако Хари Потър беше истински, хората щяха да го избягват или да му се подиграват. В неговия свят обаче той беше герой, така че белегът му стана част от историята му. Той го направи по-човечен за нас, така че можехме да се идентифицираме с него. Но никое дете не иска да се откроява, защото в този свят различията невинаги се оценяват.

„Забавно е това, как можем да се свързваме с измислени герои и да сме съпричастни към тях, а не разпознаваме истинските герои в ежедневието си."

„О, братко - каза Бранди, - ти си малко притеснителен, нали? Все едно разговаряш с двайсетгодишно хлапе".

„Извинявай - каза Лия. „Преминах от седем на десет на дванайсет, за кратък период от време. Не ми остана време да се приспособя."

„Това е нормално - каза Бранди. „И аз бих се съгласила с теб по принцип там, хлапе, но откакто риалити телевизията навлезе в ефир, ние се интересуваме от живота на обикновените хора. Тоест обикновените, но богати хора като Кардашиян. Аз не ги гледам, но милиони хора ги гледат".

Питиетата им пристигнаха. Бранди първо изяде черешката на върха на своята, след което попита Лия дали иска своята. Когато Лия каза не, Бранди я свали и я пъхна направо в устата си. „Отпий една глътка. Ако опиташ, определено ще ти хареса".

Лия отпи голяма глътка през сламката и лицето й светна. „Наистина е вкусно!" После разбърка сладоледа със сламката, докато мислеше какво да каже по-нататък.

„За мен е важно, че съм родена с очи, които работят добре. Но един инцидент ме ослепи и когато се събудих, имах тези очи, а също и това, което наричат зрение. Мога да виждам какво мислят хората, така с Розали започнахме да си говорим за първи път. Времето за мен не е като за всички останали, но от известно време насам не съм прескачал никакви години. Освен това, докато времето минава, понякога виждам какво ще се случи с мен и с другите, знаете ли, в бъдещето.“

„Знаеше ли, че Розали ще умре, преди това да се случи?“

„Не, не знаех. Това идва и си отива. Понякога изобщо не се получава. Не е сто процента надеждно. Между другото, не мога да чета мислите ти, в случай че се чудиш.“

„Добре. Да знаеш, че можеш да четеш мислите ми, би било много страшно“ - каза Бранди и отпи огромна глътка, която се удари в дъното на контейнера и издаде звук „това са всички хора“. „С удоволствие бих отпила още една, но няма да го направя - каза тя. „Най-добре е да има умереност, защото ако си позволяваме неща - неща, които си мислим, че наистина искаме, през цялото време, тогава няма да ги оценим толкова много.“

„Много мъдро“, каза Лия. „Ако искаш, можеш да си вземеш останалата част от моята.“

„Би било срамно да го оставим да се разпилее.“

Двете момичета мълчаха известно време, докато телефонът на Бранди не завибрира. „Майка ми ще дойде скоро, за да се присъедини към нас.“

„Откъде знае къде сме?“

„Добре, има си начини, т.е. проследяващо устройство на телефона ми."

„И ти нямаш нищо против?"

Не. няколко пъти изчезвах, но винаги се връщах в търговския център. През повечето време, когато отивам, тя няма представа. Докато не се обадя и не я помоля да дойде и да ме вземе оттук. Обикновено това е първата й подсказка - моят текст или обаждане. Приложението обаче я спасява от това да се тревожи за мен. Предполагам, че не е лесно да имаш дъщеря, която може да умре и да се върне отново към живота."

Майката на Бранди пристигна и се запознаха. Запознаха я с историите на Розали и Лия и я въведоха в крак с това, което бяха обсъждали досега.

„Какво сте планирали вие двете момичета?" - попита тя. „Изглеждате така, сякаш може да сте замислили нещо добро."

„Просто излишната захар", каза Бранди и се усмихна. „Лия тъкмо се канеше да ми каже за какво им трябвам".

„И така, ти обясни за твоята, повтаряща се ситуация?"

„Накратко. Още не бях стигнала до това, мамо, тя едва сега ми каза за инцидента и защо очите й са на ръцете".

Сервитьорката дойде и майката на Бранди си поръча кафе. Тя се върна веднага с чаша, която напълни. „Доливането е безплатно“, каза сервитьорката. „Просто вдигнете чашата си, когато е празна, и аз веднага ще дойда да я напълня отново“.

„Благодаря“, каза майката на Бренди.

„С удоволствие ще чуя за това - каза Лия и отметна косата си зад ухото. Харесваше й начинът, по който Бранди и майка ѝ се занимаваха една с друга. Бяха ужасно близки; личеше си по начина, по който се докосваха. Близостта им я накара да си спомни за всички времена, когато майка ѝ работеше нощем и през уикендите и тя трябваше да разчита за всичко на бавачката си Хана. Сега, когато бяха тук и майка ѝ беше омъжена за Сам, беше различно, но новите бебета със сигурност отнемаха много от времето на майка ѝ.

Бранди изригна: „Първият път, когато умрях, бях малка. Беше точно в този мол. В един момент бях мъртва, а в следващия бях отново жива. Както ти казах и преди, винаги се озовавам тук. Толкова много обичам този мол.“

„Това е смешно“, каза Лия.

„Аз наистина обичам да пазарувам!“

„Това е така!“ Майката на Бранди каза, че дъщеря ѝ е извикала сервитьорката и е поискала чаша ледена вода.

„Направете две чаши вода“, каза Лия.

Тъй като вече беше там, сервитьорката напълни чашата с кафе на майката на Бранди.

Лия почувства, че сега или никога - трябва да премине към същината на въпроса. Беше станало късно и Малката Дорит чакаше.

„Е-З, който е нашият лидер, е в инвалидна количка и може да спасява хора, дори самолети, пълни с пътници. Той има свръхсила и скорост, а и той, и инвалидната му количка имат крила.

„Алфред е лебед-тромпетист и има ESP, а освен това може да връща хора и същества към живот. Като включим и теб, към групата ще се присъединят още две деца, плюс братовчедът на Е-З Чарлз - така че ще станем общо седем души.“

„Ах, щастливи седем“, каза майката на Бранди.

Лия продължи: - След като чуеш всичко, ако се съгласиш да ни помогнеш да се борим с Фуриите, животът ти ще бъде в опасност. Те са три зли сестри - богини - които убиха Розали“.

„Зли, а? Убийството на Розали беше страхлива постъпка! Тя никога не би наранила муха!“ Бранди каза.

„Тази информация публична ли е?“ Майката на Бранди попита. „Всичко звучи така, измислено.“

„Защо са го направили?“ Бранди попита. „Какво получават за това, че са убили мила старица като Розали?“

„Те използват деца. Убиват деца - каза Лия.

И Бранди, и майка ѝ спряха да пият.

„Трудно е да се обясни, но ще се опитам да направя всичко възможно. Когато умрем, Душите ни са предназначени за чакащите ни Ловци на души - мястото ни за вечен покой. Всеки от нас има свой собствен уникален Ловец на души - така че никога не можем да умрем. Душите ни продължават да живеят. Това не е раят, който сме си представяли, но е истински, а Фуриите убиват невинни деца - и ги поставят в Ловци на души, които принадлежат на други хора.

„Всъщност, когато Розали умря, нямаше къде да отиде душата ѝ. За щастие, нашите приятели Хадз и Рейки - те са желаещи ангели - успяха да уловят душата на Розали. Те я пазят на сигурно място, докато не елиминираме Фуриите и не оправим нещата отново с всички Ловец на души. След като ги елиминираме, архангелите ще поемат управлението и ще поправят бъркотията, която са причинили. Всичко отново ще се върне към нормалното.“

„Мислех, че архангелите са лоши - каза Бранди. „Откъде да знаем, че можем да им се доверим? И защо искаме да им помогнем?“

„Това е много голяма молба към вас, деца“, каза майката на Бранди.

„Това е много дълга история. Можем да ви я разкажем след време. Но точно сега трябва да се върнем в централата. Това е нашата къща.

Щом всички сме под един покрив, ще можем да обясним всичко и да измислим план".

„Включвам се - каза Бранди. „Вече ме накарахте, когато казахте, че са убили Розали, но сега знам, че са убивали и невинни деца, ами нека да съм при тях." Тя вдигна чашата си с вода и вдигна тост с Лия.

„Чакай - каза майката на Бранди, - ако архангелите не могат да победят това нещо, тогава как могат да очакват вие, децата..."

„Мамо - потупа я по ръката Бранди. „Аз не съм като другите деца. Звучи, сякаш сме група неудачници, със специални способности и аз ще се впиша в тях. Не е изненадващо, че архангелите ще ни помолят да им помогнем.

„Розали ни събра всички заедно, за да можем да сформираме екип. Ако беше тук, тя щеше да е с нас в отбора. Сега тя е с нас духом. Заедно ние ще бъдем сила, с която трябва да се съобразяваме.

„Освен това трябва да се уверим, че Розали си е върнала мястото за вечен покой. Всичко се случва по някаква причина, нали ти винаги си този, който ми го казва?"

„И така, какво ще се случи по-нататък?" - попита майка й.

„Трябва да сме заедно, а къщата на E-Z е достатъчно голяма за всички нас. Останалите и Чарлз Дикенс - дълга история - ще ни посрещнат там."

„Не онзи Чарлз Дикенс?“

„Единственият и неповторим, но той е само на десет години. Пристигнал е и е бил открит от двама детектори в Лондон, Англия. Изпратен е обратно на Земята по някаква причина. Освен факта, че той и Е-3 са братовчеди. Той е един от нас. Заедно ще победим тези сестри и ще оправим света отново“.

„Хайде да вървим!“ Бранди каза. „Мама е сложила раницата ми в колата и в нея има всички необходими неща. Винаги имам опакована чанта за всеки случай. Доста пъти ми е била полезна. Предполагам, че в къщата има пералня и сушилня? А и сешоар?“

„Да, да и да - каза Лия, след което изсвири.

Бранди и майка ѝ запушиха ушите си. „За какво беше това?“

„Елате навън и аз ще ви представя моята приятелка Малката Дорит - тя е еднорог - и в същото време можете да си вземете чантата“. Те излязоха през вратата и тя посочи небето, където еднорогът идваше да кацне.

„Чакай малко - каза Бранди, - ще прекосяваме страната на еднорог?“

Майката на Бранди се намръщи. Тя се почувства отпаднала и краката ѝ станаха като преварени спагети.

„Елате и я погалете - каза Лия. „Малката Дорит, това са Бранди и майка ѝ.“

„Козината ѝ е прекрасна и мека - каза майката на Бранди.

„Искаш ли да те закарам до колата ти?" Малката Дорит попита.

„Не, благодаря", каза майката на Бренди. След това към дъщеря си: „Не знам как ще обясня това на баща ти. Може би трябва да се приберете всички с мен вкъщи и заедно да го обясним и да решим дали можете да отидете..."

„Трябва да отида", каза Бранди. „Това е моята съдба." Тя прегърна майка си.

„Би ли помогнало, ако говориш с майка ми?" Лия попита и без да чака отговор, набра бързо номера ѝ, обясни ситуацията и предаде телефона си на майката на Бранди, която разговаря със Саманта, след което ѝ върна телефона.

Следващото нещо, което знаеха, беше, че трите летят из паркинга в търсене на колата, а хората отдолу натискат клаксони, снимат с телефоните си и се блъскат с коли и тролеи.

„Ето го - каза майката на Бранди.

Малката Дорит се приземи и тя се смъкна от него. „Почакайте тук и аз ще взема чантата на дъщеря ми".

Тя се върна и я подхвърли на Бранди. „Благодаря за пътуването", каза тя на Малката Доррит. На Бранди каза: „Бранди, обади се вкъщи. Всеки ден. Като Е.Т." Тя я целуна. После каза на Лия: „Беше ми приятно да се запознаем."

„И на теб", каза Лия, докато Малката Дорит се вдигаше от земята. „Не се притеснявай, ще се погрижим дъщеря ти да е в безопасност."

Майката на Бранди ги гледаше как отлитат, докато не ги видя повече. Дотогава всички любопитни паркиращи бяха намерили нещо друго, което да гледат, затова тя се качи в колата си и тръгна към дома.

Избрала дългия път към дома. Трябваше да помисли как да обясни всичко това на бащата на Бранди.

ГЛАВА 6
HARUTO

Алфредзачака пред входа на кафенето, докато собственикът, който очакваше нов клиент, не се върна. Бабата на Харуто не спомена, че клиентът е лебед-тромпетист. Когато собственикът видял Алфред, го завел на една маса далеч отзад.

Алфред нямаше нищо против да е встрани от пътя. Всъщност той го предпочиташе, тъй като имаше табела, която указваше, че няма домашни любимци - не че лебедите се смятаха за домашни любимци в Япония или където и да било другаде по света, за което той знаеше.

Докато седеше спокойно и чакаше бащата на Харуто да пристигне, той използваше безплатния WI-FI на кафенето и откри някои наистина интересни неща за културата на японските кафенета. Например в Йокохама имало кафенета за любители на котки и едно в чест на таралежите.

Петнайсет минути по-късно в кафенето влезе един мъж. Алфред веднага разбра, че това е бащата на Харуто, тъй като направо напредна бързо към неговата маса.

„Naze watashitachiha daidokoro no chikaku ni iru nodesu ka?" - попита той собственика на кафенето (което в превод означава: Защо сме близо до кухнята?"

„Kare wa hakuchōdakara!" - каза собственикът, преди да се отдалечи от масата (което в превод означава: Защото е лебед!)

Когато след няколко минути се върна с поднос, пълен с Bubble Tea, собственикът каза: „ Mōshiwakearimasen" (което в превод означава: Съжалявам.)

„ Ī nda yo", каза бащата на Харуто с усмивка (което в превод означава: Всичко е наред.)

Чаят на Алфред беше сервиран в купа, достатъчно голяма, за да може той да си пъхне човката в нея. Чаят му беше студен - добре, че беше така, тъй като не искаше да си изгори езика или да чака дълго, докато изстине.

„Domo arigato gozaimasu", каза Алфред (което в превод означава: „Много ви благодаря").

„Iie", отговори бащата на Харуто (което в превод означава: не го споменавай.)

Те седяха тихо, гледайки се един друг, докато отпиваха от чая си известно време.

„Защо сте тук?" Бащата на Харуто попита внезапно. „Жена ми се страхува, че искаш да ни отнемеш сина, а ти не можеш да го имаш. Да, ние го намерихме, но ние сме единствените родители, които той някога е познавал".

„Уау!" Алфред възкликна. „Нищо няма да се случи, освен ако ти не го искаш. Между другото, английският на сина ви е отличен - каза Алфред. „Както и вашият."

„Ласкателствата няма да ви помогнат тук. Както вече казах, не можете да имате сина ми."

„Ако Харуто можеше да ни помогне, да спаси света? Все още ли бихте отказали?"

„Харуто е само момче. Ти си лебед. Какво могат да правят момчетата и лебедите, което мъжете не могат да правят? Не можеш да го имаш." Той скръсти ръце.

„Ами ако не можем да спасим света без неговата помощ? Ами ако той иска да ни помогне?"

„Харуто не знае нищо за живота. Той не може да ви помогне. Намери някой друг син, някой по-възрастен. Някой, който е роден, за да спаси света. Не момче. Не моето момче, Харуто. Не днес, утре или някога."

„Ами ако го оставим да реши?" Алфред каза. „След като му обясня всичко, тоест."

„Разкажи ми всичко сега. И аз ще реша какво трябва да знае. Но първо, нека те попитам - какво те кара да мислиш, че едно малко момче като моя син може да ти помогне?"

„Смятаме, че както всички нас, той има дарби, уникални дарби. Той не е като другите деца, нали? Когато Розали спомена за него, той беше още бебе. Дали е остарял по-бързо от другите деца?"

Бащата на Харуто поклати глава. „Когато го намерихме преди пет години, той беше бебе. Той е пораснал, както всяко дете расте."

„О, съжалявам. Розали не е имала време да актуализира или допълни бележките си. Все пак не искате ли синът ви да бъде с други деца, които са надарени като него? Той би бил един от нас, приет от нас. А ние бихме почитали дарбите му и бихме го защитавали".

„Искате да кажете, че не мога да защитя собствения си син?"

„Не, сър. Изобщо не казвам това. Казвам ви, че ние се нуждаем от него и може би, само може би, той се нуждае от нас. Момче, което стои само, никога не може да бъде толкова силно, колкото момче, което е член на екип".

„Може би той е самотен. Може би, но той е млад и ще израсне от това." Бащата на Харуто остана мълчалив, преди да попита: „Каква е твоята дарба и кой е врагът?".

„Имам лечебни сили, за хора и животни - най-вече за последните. Мога да чета мисли. Лия може да вижда в бъдещето. Е-3 спасява животи.

мога да лекувам болни и да чета мисли. Имаме дори уебсайт за супергерои, който мога да ти покажа, ако искаш да видиш всичко сам като доказателство."

„Вече видях сайта ви - каза бащата на Харуто. „Вие сте известни като *Тримата*. Не сте ли тримата достатъчно силни, за да се справите с каквито и да е врагове? Как може едно малко момче като Харуто да ви помогне? Той едва ли може да си спомни да си измие зъбите."

„Разбирам. Аз също имах син, когато бях човек."

„Някога сте били човек? Какво стана със сина ти?"

„Те умряха, а аз се превърнах в лебед. Това е дълга и сложна история. Главното е, че доскоро не знаехме, че има и други деца. Това беше Розали. Тя беше невероятна дама, със способност да общува с децата в съзнанието си. Тя разговаряше с Лия, Харуто, Бренди и Лачи. Тя събра всички заедно и плати висока цена за това. Фуриите я убиха, когато тя не пожела да им разкрие никаква информация за децата. Без Розали нямаше да знаем, че другите съществуват, и нямаше да сме тук, за да искаме да защитим сина ти или да го помолим за помощ в победата над тези зли сестри.

„Изпратиха ме да говоря с Харуто и да обясня срещу какво сме изправени. Разбира се, той може да откаже, ти можеш да откажеш вместо него - но без него може би няма да успеем да победим злите богини, известни като Фуриите".

Собственикът предложи още чай. Алфред отказа, въпреки това ръцете на бащата на Харуто леко потрепериха, когато той вдигна току-що напълнения си чай и отпи.

„Харуто ли е най-малкото дете?"

Алфред кимна.

„Разкажи ми за другите двама новобранци."

„Бранди умира и се преражда. Лачи може да говори и да бъде разбиран от всички същества".

„Тази Бранди всеки път се преражда като себе си?" Бащата на Харуто попита.

„Това е моето разбиране."

„На колко години е тя?"

„Това не го знам със сигурност, но смятам, че е тийнейджърка. Какво значение има това?" Алфред попита.

„Защото да се прераждаш многократно, докато оставаш в човешко състояние, означава, че Бранди е заседнала в етапа на обучението. Следователно тя ще се справя добре с други, които са по-напреднали от нея. Тя ще се учи от тях и може би това ще й помогне да достигне следващия етап".

Алфред разбра донякъде, но не каза нищо.

„Синът ми няма да напредне в живота на Бранди, затова няма да му позволя да участва в тази битка. Съжалявам, че ви губя времето."

„Е, аз съм изминал целия този път - така че, какво ще ми навреди да поговоря с него, в присъствието на теб, жена ти и майка ти. Дайте му възможност да избира. Нека той реши. Ако това не е подходящо за него, ако смятате, че е твърде млад или неподготвен - ще ви разберем - но моля ви, нека поне поговорим с него за това. Да видим колко може да разбере. Нека той да е този, който ще каже „не" - тогава аз ще се върна на самолета и никога повече няма да ме видите".

„Ти си лебед и летиш със самолет?" - засмя се той гръмко. Другите посетители на кафенето се присъединиха към него, въпреки че нямаха представа защо се смее. Те се смееха, защото звукът от смеха на бащата на Харуто беше заразителен.

„Кажи ми какво възнамерява да направи твоят екип и защо. След това аз ще реша. Ако успееш да ме убедиш, тогава може би ще ти позволя да се опиташ да убедиш Харуто".

„Когато умрем, душите ни напускат телата ни и отиват на вечен покой в нещо, което се нарича Душеловка. Знам, че това е различно от това, в което вярваме, но е вярно. Фуриите убиват деца - деца, които играят на компютърни игри - и след това поставят душите им в Ловци на души, предназначени за други души. Когато другите умрат, Душите им няма къде да отидат."

Бащата на Харуто замълча за няколко мига.

„Ако иска, сине мой, Харуто ще помогне. Той ще ти каже какъв е неговият талант. Той ще ти каже какво иска да знаеш и ще реши."

„Благодаря ти", каза Алфред.

Те станаха, напуснаха кафенето и се отправиха към дома на Харуто. Когато пристигнаха, веднага бе сервирана вечеря и всички бяха запознати с мисията.

„Какво се случва с другите души? Ако няма къде да отидат?" Харуто попита, като сложи пръчиците си и отпи глътка вода.

„Това не го знаем със сигурност - отвърна Алфред. Той погледна към бащата на Харуто, който кимна. „Но Розали. Помниш ли Розали?"

„Да, познавах я и знам, че е починала", каза Харуто. Той седна много изправен: „Искаш да кажеш, че душата й няма дом? Как мога да й помогна да стигне до своя дом?"

„Радвам се, че искаш да помогнеш, Харуто", каза Алфред. „Душата на Розали е на сигурно място при двама желаещи ангели, които в миналото са помагали на нас и на Е-З. Така че засега всичко с нея е наред.

„Преди да ти обясня повече, любопитно ми е твоите специални сили, които притежаваш?" "Не, не.

Харуто се изправи, погледна баща си, който кимна, след което каза. „Движа се много бързо."

И започна да се върти, все по-бързо и по-бързо и по-бързо, докато не изчезна.

„Уау!" Алфред каза. „Ти си като изчезваща версия на Тасманийския дявол!"

„Никога не ни омръзва да го виждаме в действие" - каза майка му. До този коментар тя беше забележимо мълчалива. „Върни се сега, дете", каза тя. „Върни се."

Той пристигна по същия начин, по който беше изчезнал, само че този път не можаха да го видят да се върти, докато не се появи отново. „Отново съм гладен!" Харуто възкликна. И той седна, напълни чинията си и яде жадно.

„Винаги ли те кара да си гладен?" Алфред попита.

„Винаги", каза Собо и предложи на внука си още храна. Той кимна, твърде зает с яденето, за да отговори.

След като Харуто се нахрани, Алфред обясни как Е-3 ще служи за щаб на екипа или за база. Той се забави, търсейки подходящите думи, за да им каже за опасността, на която всички ще бъдат изложени.

„Позволете ми да кажа, преди да се съгласите - че Фуриите са зли, ужасни същества, които наказват децата, дори да не са направили нищо лошо. Те отнемат живота на деца, за лоши мисли, а не за лоши постъпки и отвличат ловци на души от други. Трябва да ги спрем и да оправим нещата отново. А те са изключително опасни и могъщи богини".

Бащата на Харуто каза: „Забранявам ти да ходиш!"

„Но, татко, ти си ме учил, че действията ми в този живот ще продължат и в следващия. Затова трябва да кажа „да"." Той погледна Алфред и каза: „Включете ме!"

„Харуто, като твоя майка и баща, ние искаме да успееш - но искаме да си близо до нас, а не чак на другия край на света с непознати хора."

Харуто стана от мястото си и хвърли ръце около врата на баба си. Двамата си шепнеха напред-назад на японски, така че Алфред не можеше да ги разбере.

„Собо казва, че ще ме придружи, но се страхува, че времето ѝ е близо. Ако умре и не е в Япония, как душата ѝ ще намери пътя към дома?" "Не, не.

„С нас работят някои архангели и архангелски помощници. Те пазят душата на Розали, а ако нещо се случи с баба ти, сигурен съм, че ще защитят и нейната душа. Докато техните Ловец на души не са готови".

„Толкова се гордея с теб - каза Собо, - и за мен ще бъде удоволствие да се присъединя към теб по време на полета. Щастлив съм да се запозная с останалите деца на супергероите. Този Собо ще има още внуци". Тя прегърна Харуто.

Майката и бащата на Харуто се присъединиха към нея. Това беше семейна прегръдка. По лицето на Алфред потекоха сълзи. Плачът на един лебед е най-тъжното нещо на земята.

Когато се разделиха, чиниите бяха събрани и поставени да се измият. На всички беше сервиран чай, с изключение на Харуто.

„Ще си приготвя чантата" - каза той. „Лека нощ."

„Ще резервирам полетите ни и ще ви съобщя подробностите", каза Алфред.

Той се върна в хотела и резервира полета си. След това изпрати всички подробности на Чарлз Дикенс. Надяваше се, че Чарлз ще може да ги посрещне на летище „Хийтроу" и всички заедно ще отлетят до мястото на Е-З.

След изтощителния ден Алфред скочи на леглото си с кралски размер. Той размаза възглавниците и гледа телевизия, докато най-накрая не заспа.

ГЛАВА 7
ПО ПЪТЯ

Когато всички деца бяха на път към дома на Е-3, във въздуха се усещаше енергия, наречена надежда. Тази енергия сякаш се разпространяваше от единия край на света до другия. Толкова много, че достигна до Фуриите.

Трите зли богини танцуваха около огъня, който бяха създали в котела от костите на мъртвите. Нагоре се издигнало многоглаво пламтящо кълбо. Точно пред очите им то се раздели на три огнени кълба.

Богините напълниха огнените кълба с все повече енергия, докато изглеждаше, че гневните сфери ще избухнат. След това ги изпратиха по пътя им, за да намерят и смажат надеждата, която живееше в сърцата на враговете им.

Първото огнено кълбо се отправи към най-далечната дестинация, подравнена, за да срещне и унищожи Е-3, Лачи и Бейби. Огненият обект се разпадна по пътя, разпадайки се от огромната скорост, докато не стана с размерите на топка за боулинг. Той се насочи към нищо неподозиращото трио, срещу което напредваше.

Сензорите на инвалидната количка на E-Z го предупредиха за идващата опасност благодарение на подобрението на Хадз и Рейки. GPS-ът засече неодушевен обект, който се движеше бързо и се насочваше право към тях.

„Нещо идва право към нас!" E-Z изкрещя. „Да се приземим и да се махнем от пътя му."

„Righto", каза Лачи, докато триото падаше.

Но огненото кълбо ги следваше, сякаш имаше свой собствен проследяващ механизъм. Без значение колко ниско са се спуснали, то ги преследваше неумолимо.

Те спряха, висящи, групирани заедно - несигурни дали да се приземят сега, или да се опитат да го надхитрят по друг начин. Ако кацнат и нещото ги последва, то може да убие или нарани други хора. Те не искаха да излагат на опасност никого другиго, защото то преследваше тях.

„Какво ще правим?" Лачи попита.

„Ти и Бейби се прикрийте, а аз и моят стол ще се справим".

„Няма да ви оставим!" Лачи възкликна и Бейби кимна.

Знаеше, че той и инвалидната му количка са устойчиви на куршуми, но дали са устойчиви на огнени топки? Той щеше да разбере това след 5, 4, 3, 2, 1.

Бебето протегна шия, изпусна рев с отворена максимално уста - и огнената топка се заби право в нея. Очите на дракона изпъкнаха, а устните му трепереха, докато сдържаше огненото чудовище в себе си. След това излетя, а Лачи се държеше за врата му на живот, летеше надалеч и надалеч, търсейки място, където да се освободи от нещото, което го изгаряше отвътре.

Най-накрая намериха място, където да го пуснат безопасно в морето. Бебето отвори устата си и то излетя навън. Все още горящо, нещото се плъзгаше по повърхността на водата, сякаш беше твърдо решено да остане живо, но накрая се предаде и изпуши, докато потъваше в океана.

„Да!" Е-З извика. „Браво, бейби!"

Бейби и Лачи се върнаха при Е-З. „Какво стана?"

„Бебето беше невероятно! Той пусна огненото кълбо в морето. Сега не е нищо друго освен още една скала."

„Благодаря, Бейби", каза Е-З. „Това беше малко прекалено близо за утеха."

„Съгласен съм. И Бейби заслужава почерпка. Нещо хладно за гърлото му."

„Каквото иска Бебето", каза Е-З. „Да слезем долу и да си починем, преди да продължим".

Лачи прегърна врата на Бейби и слязоха да се отърсят от първата си и надяваха се последна среща с лудото огнено кълбо.

„Мислиш ли, че това бяха Фуриите?“ Лачи попита.

„Не мисля, че те знаят за нас. Искам да кажа, че знаят, че съществуваме, но не и подробности.“

„Това нещо се насочи към нас. Опита се да ни убие. Кой друг би искал да ни убие?“

„Прав си, то се насочи директно към нас. Вероятно е просто съвпадение. Надявам се.“

„Не трябва ли да предупредим останалите?“

Е-З погледна телефона си. Имаше нула бара. „Моят екип може да се справи сам и не искам да ги плаша. Да се надяваме, тъй като е еднократен случай.“

$$***$$

Фуриите изпратиха втори пламтящ диск по посока на Йокохама. Самолетът на Алфред и Харуто вече беше на пистата и се подготвяше за излитане.

Огненото кълбо полетя към тях, но избра неудачен маршрут - мина покрай 59-футовия робот, който протегна ръка, хвана го и след това го смачка. Пепелта се стовари върху платформата долу.

На летището самолетът на Алфред и Харуто излетя благополучно и двойката така и не разбра, че са станали мишена.

***

Третата и последна пламтяща топка се насочи към Финикс, Аризона. Тя летеше наоколо и търсеше целта си в продължение на часове, но не успя да я намери.

Малката Дорит беше изключителен еднорог, разполагаше с щит против откриване и той винаги беше в готовност. В крайна сметка защитата на пътниците ѝ беше ключовата роля на Малката Дорит.

След като летеше безцелно наоколо, пламтящото кълбо, вместо да се разпадне със скоростта си, увеличаваше размерите си, докато не стана голямо колкото комета. След това се върна у дома при законните си собственици - Фуриите.

Пламтящият обект, който не различавал приятел от враг, преследвал с часове крещящите Фурии из Долината на смъртта. Те бягаха, за да спасят живота си, докато Тиси не измайстори заклинание.

Отначало топката спряла във въздуха и трите богини със задоволство я гледали как пада в котела и се покрива с гъбена яхния.

Али полетя към него, като затисна капака.

Тогава Фуриите отметнаха глави назад и я издебнаха, докато танцуваха, пееха и се смееха.

Докато в котела не се чу пукот. Като нагорещени зърна пуканки. Звуците ставаха все по-силни, тъй като капакът на казана се вдлъбна отвътре и накрая се повдигна достатъчно, за да могат новородените огнени кълба да избягат.

Малките огнени кълба, които нямаше къде да отидат, се насочиха към Фуриите, преследвайки ги, докато една по една избухваха.

Изпити, изтощени и раздразнени, трите богини призоваха Ериел да дойде и да им помогне, но този път той не отговори.

✸✸✸

Докато летеше сам в небето, тъй като Лачи и Бейби се движеха по-бавно заради страничните ефекти на Бейби от поглъщането на огненото кълбо, Е-3 прецени екипа си. Няколко пъти на опашката получи съобщения, които потвърждаваха, че и те мислят за него.

Лия изпрати съобщение, което потвърждаваше силите на Бренди, а Алфред беше направил същото по отношение на способностите на Харуто.

Е-3и не им беше отвърнал с взаимност, като им беше съобщил за силите на Лачи. Вместо това той искаше да прегледа нещата, за да види как ще се справят уменията на него и екипа му от седем души (включително Чарлз) срещу трите могъщи, но зли богини.

Направи инвентаризация в ума си и си припомни предимствата на екипа си:

Аз мога да летя, както и столът ми. Ние сме устойчиви на куршуми, а аз съм супер силен. Аз съм добър лидер, умен съм и имам силна емпатия.

Лия е подстрекателна, съпричастна, добра, умна и може да чете мисли и в бъдещето.

Алфред е силен, интелигентен и като най-възрастния член е мъдър с възрастта. Той е съпричастен, понякога може да чете мисли и може да лекува болни.

Лачи общува със същества. Той е самотник, но това не е по негова вина. Той е съпричастен, интелигентен. Знае как да оцелява срещу всички трудности и способността му да се маскира ще му е от полза.

Харуто е най-младият, но той е оцеляващ. Той е способен да се върти невидим.

Бранди е умирала - няколко пъти - и отново се е връщала към живота. Тя със сигурност е оцелял човек.

Накрая, но не на последно място, е Чарлз Дикенс. Неговите способности са неизвестни. Но той е умен, съпричастен и е способен да се адаптира.

С помощта на телефона си, когато има достатъчно барове, той търси исторически документи в интернет, за да разбере какви способности биха донесли Фюри:

Свръхчовешка сила.

Издръжливост, включително висока поносимост към болка.

Жизненост.

Ловкост, подобна на тази на паяците.

Устойчивост на наранявания и свръхбързи лечебни сили.

Полет.

Промяна на формата - във формата на друг човек.

Невидимост.

Могат да причиняват болка на жертвите си.

Мег може да отделя паразити. УЖАС.

Чакай малко, там пише, че фуриите в миналото са представлявали справедливост. Казва, че в миналото те са нанасяли вреда само на злите и виновните... че добрите и невинните не е имало от какво да се страхуват. И така, какво се е променило? Защо са почувствали нужда да убиват невинни деца, използвайки за това игра?

Той продължи да чете, чудейки се как точно убиват децата. Според легендата фуриите никога не наранявали физически никого от провинилите се. Вместо това те използвали чувството за вина, за да ги подлудят.

Той си спомни за момчето, което се беше опитало да го застреля. Бяха го убедили, че ако не направи това, което му казват, ще навредят на семейството му. Чудеше се къде е това момче сега. Дали е в един от „Ловците на души"?

Продължи да търси, за да разбере дали Фуриите са способни на милосърдие, но не можа да намери доказателства за това.

Той добави към списъка нещо, което вече знаеше - Фуриите бяха смъртни. Това беше едно общо нещо между него и злите богини и той и екипът му трябваше да намерят начин да го използват в своя полза.

Лачи и Бейби настигнаха Е-З.

„Как се справя Бейби?" - попита той.

„Вече е по-добре", отговори Лачи.

Бейби отметна глава назад, изпусна рев и се засили напред.

„Изчакай ме!" Е-З извика.

ГЛАВА 8
ФУРИИТЕ

Смръсното усещане за надежда, което все още смразяваше въздуха, Фуриите зачакаха. Бяха поправили изпепелените си дрехи и бяха подстригали изгорелите си коси. За щастие, змиите останаха невредими. За да се направят представителни за пристигането на предстоящия им гост.

Той беше техният благодетел. Този, който ги беше върнал на земята. Предложил им да си направят база в неоткриваемото сърце на Долината на смъртта.

Преди провала на огненото кълбо бяха видели знаци. Знаци, че сега всичко се обръща срещу тях. Промяната беше добра, но само ако имаха контрол над нея. Тяхното време настъпваше. Трябваше да са готови да се движат. Нещата се обръщаха в тяхна полза. Всичко, което трябваше да направят, беше да го изчакат. След това да бъдат готови да се нахвърлят.

„Ериел“, изсъска Мег.

Архангелът, любимият им водач, най-сетне беше пристигнал.

„Какво е най-новото?“ Тиси попита. „Отвратени сме от цялата тази надежда във въздуха“.

„Да, тези неща с надеждата ни потискат“, запяха Тиси и Али, докато танцуваха около горящия огън.

Той ги наблюдаваше, танцуваха голи като банши. Чупеха камшиците си, докато змиите, които имаха за ръце и коса, се плъзгаха и плюеха произволно.

Ериел се спусна върху тях като черен облак, кацна, после сгъна крилата си и ги затвори. Огромният му ръст накара Фуриите да изглеждат като кукли. Той застана с ръце на хълбоците, после падна на едно коляно, за да застане на едно ниво с тях. Това беше неговият начин да се сниши до тяхното ниво, като в същото време оставаше над тях. Искаше да знаят, че работят за него, а не обратното. Беше му омръзнало да внушава това на сестрите и все пак се страхуваше, че това е единственият начин да ги държи в подчинение.

„Няма надежда - не и сега, когато работим заедно - каза Ериел. „И не се смейте. Е, предполагам, че можеш да се смееш. Точно това направих, когато за първи път чух, че изпращат екип от деца, за да те убият“.

Фуриите изпаднаха в истерия. Гласовете им отекнаха из Долината на смъртта и изплашиха всички птици.

„Тези идиоти!“ Мег каза.

„Ще изядем тези деца, за закуска, обяд и вечеря“ - каза Тиси, облизвайки устни.

„Ние не ядем деца“ - каза Али. „Но ти си забавна, сестро. Всичко, което искаме, са душите им. И не мога да си спомня ЗАЩО ги искаме. Обясни го отново, скъпа сестро“.

Мег каза: „Изпълняваме заповедта на Ериел. Той иска Ловецът на души и ние му ги доставяме. След като изпълним исканията му, отново ще бъдем Дъщери на Никс - Добриците - и ще управляваме нощта и ще правим каквото си поискаме.“

„Тогава, ако искам да опитам някое от децата - ще мога да го направя, нали?“ Тиси попита. „Винаги съм се чудила какъв ли ще е вкусът им.“ Тя извърна очи и подуши въздуха. Змията на главата й се стрелна към него.

Ериел се изсмя. „Това не са обикновени деца, като тези, които преследваш в играта. Това са надарени деца, със сили и способности. Все пак ще те държа в течение, а и ще имаш нужда от моята помощ“.

„Вашата помощ? Да побеждавам деца, обикновени бебета?!“ Триото се засмя и затрептя, повдигайки се от земята с помощта на мощните си криле на прилепи. „Ще ги победим още преди да са нанесли удар." Змиите съскаха и плюеха в знак на съгласие.

„Както направихме в бялата стая. Както направихме с приятелката им Розали. Тя не искаше да ни каже кой е изпратен за нас. Искахме да знаем и ни беше омръзнало да чакаме да ни кажеш. Затова я изведохме - каза Мег.

„Да, и ти едва не предаде играта! Освен това е жалко, че не изкарахте душата ѝ и не я сложихте в Ловец на души" - каза Ериел. „Сега има развързани краища. Свободните краища могат да се превърнат в следи за онези, които ги търсят".

Те погледнаха към небето и видяха ивица от цветове като дъга, която се простираше от едната до другата страна. Само че това не беше дъга, а енергия. Енергията на онези, които архангелите бяха наели, за да направят това, което самите те не бяха в състояние да направят.

„Знаем, че идват - и няма да имат никакъв шанс срещу нас!" Тиси изкрещя.

Е, те успяха да победят онези инфантилни огнени топки, които изпратихте!" Ериел възкликна. „Толкова беден и аматьорски опит, колкото и да беше! Накара ме да се срамувам, че работя с вас! Добре, че никой не знае за нашата връзка."

Със стиснати юмруци и зъби „Фуриите" не напредваха, докато Али не разчупи леда.

„Сестри, неговото мнение за нас няма значение. Ние направихме всичко по силите си. Струваше си да опитаме. Освен това вече разполагаме с много души“. Тя разбърка тенджерата, отпи малко супа на черпак, после я изплю. „Прекалено много сол - каза тя. Добави вода, след това диви гъби и малко бейби картофи. „И всеки ден събираме все повече детски души. Омръзна ми да чакам тук детските супергерои да дойдат при нас. За да се организират те. Когато се съберат всички заедно, защо просто не ги УБИЕМ?“

„Сестра, трябва да си търпелива.“

„Уморена съм да бъда търпелива. Уморена съм от - просто и ясно съм уморена“, каза Али. Тя разбърка и след като подхвърли няколко диви билки и подправки, опита супата и тя беше добра. „Вечерята е готова - каза тя.

„Ще бъдеш търпелив и няма да действаш - освен ако не ти кажа да действаш. Това е моята игра и аз те поканих да играеш. Без мен вие сте просто три безполезни богини, които проспиват остатъка от живота си“. Той ритна пясъка с ботуша си. „И е наистина жалко, че трябва да консумирате човешка храна. Доста голямо понижение - щом сега се нуждаете от храна, за да оцелеете. Когато управлявам Земята и всички Ловци на души пребивават тук, ще удaря **ЗЕМНА ПАУЗА.** Ще управлявам Земята и ако играете играта правилно. Ако правите това, което искам от вас, тогава ще бъдете на моя страна. Споделяйки печалбата. Ако тръгнеш срещу мен, тогава ще се върнеш в праха".

След като изрече думата „прах", той разтвори ръце и криле, издигна се от земята и изчезна.

Фуриите запяха заедно, докато отпиваха от супата си. Змиите, които бяха най-гладни, я облизваха и въпреки че почистваха гърнето, все още искаха още.

„Сега, след като той си отиде - каза Мег, - нека поговорим за нашата собствена крайна игра".

Тиси и Али се разкрещяха.

„Ериел вярва, че ще ни върне в божественото ни състояние, но ние няма да позволим на този архангел да завладее земята. Кой може да каже, че той няма да ни остави в прахта, когато свършим цялата работа? Архангелите не винаги спазват обещанията си. Не е нужно и ние да спазваме нашите, нали сестри?".

„Кой си мисли, че е Избраният?" Али попита.

Мег се засмя. „Той не е избран от нищо и от никого - но все пак имаме нужда от него".

„Да", каза Тиси. „Самочувствието му е неговият недостатък." Тя снижи гласа си до шепот: „Всеки път, когато говори, той отслабва себе си. Всеки път, когато предаде другите архангели, той раздава още малко от силата си."

Сестрите отново избухнаха в песен:

„Кръвта на вербуваните деца ще бъде утрешната супа.

След като вечеряме, ще се позабавляваме с хула-хоп".

Мег подхвана песента,

„Бебета, деца зли малки и виновни като кал

Ще кажем, че ще се отървем от главите им, ако ни се падне целият късмет!"

Али запя,

„Дъщери на мрака срещу деца, които нямат представа.

Небето ще завали с кръв, преди да сме свършили!"

Те се заканваха и съскаха, пляскайки с камшиците си и танцувайки, докато луната се издигаше все по-високо в небето. Изтощени, те паднаха на земята и заспаха в мръсотията. Змиите предпочитаха това положение - и също спяха - вместо да съскат и да се движат цяла нощ.

„Лека нощ, сестри" - казаха те в кръг, точно както виждаха хората да правят по „Уолтън" по телевизията чрез сателитната си чиния. Това беше едно от любимите им предавания. „А на сутринта ще преразгледаме плана".

ГЛАВА 9
PAFHS9

Товабеше състезание за Сам и Саманта, които чакаха да видят коя група деца ще се върне първа. Победителят щеше да става с близнаците всяка вечер в продължение на цял месец, така че залозите бяха високи.

Сам избра Е-З, Лия и след това Алфред. Саманта избра Алфред, Е-З и след това Лия.

„Но Е-З е в Австралия", попита Саманта. „Ти ще загубиш. Ще си мисля за теб - НЕ - когато ще спя през нощта в продължение на един месец".

„Ти избра Алфред и той лети със самолет! Знаеш как винаги презареждат самолетите и рядко спазват разписанията си. Докато Е-З може да идва и да си тръгва, когато пожелае, а инвалидната му количка пътува невероятно бързо! Толкова ще спечеля и съм толкова сигурен, че ще подсладя залога и ще го направя на шест месеца. Готов ли си да увеличиш залога?"

Саманта обмисли това ново предложение. Подобни залози можеха да навредят на един брак, а и без това им липсваше сън с това, че и двамата се будеха всяка нощ, за да се занимават с близнаците. Тя го прегърна: „Нека просто да е просто. Един месец.“

„Пиле“, каза Сам и обгърна жена си с ръце. Той я целуна по челото, докато Джил нададе плач, към който скоро се присъедини и Джак. „Ще отида“, каза той.

„Да вървим заедно“, каза Саманта, взе ръката на съпруга си в своята и тръгнаха по коридора.

Малката Дорит се връщаше на крилете си с максимална скорост.

„Не можем ли да слезем долу и да пийнем нещо?“ Бранди попита.

„Просто не“ - каза Малката Дорит.

„Хайде - каза Лия, - ще отнеме само няколко минути“.

„Не искам да те плаша“, каза Малката Дорит, „но имам лошо предчувствие и искам да се махнем от откритото място възможно най-скоро“.

„Добре“, съгласиха се двете момичета.

Вече почти вкъщи, Лия изпрати съобщение на Саманта, в което й каза, че ще се приберат след няколко минути.

„Ах, и двете сгрешихме!“ - каза тя.

„Но една от нас все пак ще трябва да става всяка вечер с близнаците“ - каза Сам.

„Ще се редуваме", каза Саманта, докато двамата със Сам, сега, когато близнаците се бяха настанили обратно да подремнат, излизаха в градината. Скоро тя видя Малката Дорит, която се приземяваше.

Лия и Бренди слязоха от него.

„Това беше много яко", каза Бранди. „Благодаря, Малкия Дорит." Тя прегърна еднорога, който отвърна: „Няма за какво."

„Да, благодаря, че се погрижи за нас", каза Лия.

„Като се грижехме за вас, имаше ли някакви проблеми?" Сам попита.

„Нищо, с което не бих могла да се справя", каза Малката Дорит. „А сега, ако нямате нужда от мен за известно време, бих искала да си взема малко вода и нещо за хапване".

„Продължавай", каза Сам, „и благодаря, че се грижиш за нашите момичета".

Малката Доррит намигна на Сам, после тръгна и скоро се изгуби от погледа му.

След запознанството със Сам и Саманта, Бранди се обади вкъщи, за да съобщи на майка си, че са пристигнали благополучно.

Няколко часа по-късно пристигнаха Алфред, Чарлз, Харуто и баба му. Както и преди, бяха направени представяния, като към тях бяха добавени Бранди и Лия.

„Не може да си ТОЗИ Чарлз Дикенс - каза Бранди с повдигнати вежди. „А ти си само дете, едва излязло от пелените", каза тя на Харуто, който в отговор се завъртя невидим.

„Упс!" Бранди възкликна. „А ти, ти си голям пернат лебед! Как ще ни помогнеш да победим Фуриите!"

„Първо - започна Алфред, - ти си много по-груб, отколкото трябва да бъдеш. Дори и един неизкушен лебед като мен има маниери."

„Anata wa gakidesu!" каза бабата на Харуто, което в превод означава „Ти си отроче!".

От невидимия Харуто се чу кикот.

Лия се намеси и се извини: „Ще я напсувам. Тя е готина. Просто й дай малко време да се настани", каза тя. „Не знаех до преди малко, когато сама видях какво може да прави Харуто". На момченцето тя каза: „Върни се, Харуто, моля те. Тя не искаше да нарани чувствата ти."

„Съжалявам", каза Бранди с очи, сведени към пода.

Харуто се върна, като се размиваше и изчезваше. Той стоеше с ръка около кръста на баба си. Алфред и Чарлз се приближиха до тях.

„Току-що слязохме от самолета и сме уморени - така че, ще отидем да се освежим. Когато се върнем, очаквам, че ще й сложиш каишка или парче тиксо на устата. Или да я научиш на маниери - каза той, след което тръгна по коридора с другите двама на ръце.

„Уау!" Бранди каза. „Просто УАУ! Казах, че съжалявам."

„Не, той беше прав", каза Лия.

Саманта каза: „Сега си в нашата къща и няма да позволим да се държиш грубо с никого".

Сам сгъна ръце на гърдите си, точно когато близнаците отново започнаха да плачат.

„Сигурно са гладни. Не се притеснявай, че ще се справя - каза Саманта, но преди да си тръгне, погледна Бранди.

„Бранди, ти си на странно място, където все още не познаваш никого освен Лия и Малката Дорит" - каза Сам. „Ако искаш да бъдеш част от този отбор, да победиш Фуриите - тогава трябва да работиш заедно. Да обиждаш съотборниците си не е ефективен начин да започнеш. Бих ви предложил да се извините отново, сякаш го мислите сериозно, когато те се върнат, и да поискате да започнете отначало".

Очите на Бранди се напълниха със сълзи: „Просто бях изненадана, като видях другите членове на екипа, с които ще работя. Но си прав, ще се извиня отново и ще помоля за нов шанс. Надявам се, че те ще ми простят. Мама винаги казва, че съм прекалено откровена за собственото си добро".

Лия се усмихна. „Ще обикнеш Алфред, щом го опознаеш. Това е първият път, в който се срещам лично и с Чарлз. Чарлз е в странна ситуация.

Когато е бил на десет години, това е било през 1822 г. Помислете за това. А и за първи път се срещам с Харуто и неговата баба".

„Това е лудост! Тогава президент е бил Джеймс Монро - и той е бил петият ни президент!" Бранди се ухили. Тя леко бутна с лакът Лия: „Мама и татко ще бъдат супер впечатлени, че съм запомнила тази информация! А момчето, имам предвид Харуто, изглежда твърде млад, за да рискува живота си."

Лия се засмя и Сам се присъедини към нея, след което чу, че жена му го вика да помогне с близнаците, и се втурна от стаята.

Чарлз отвърна: „Когато бях тук последния път, на трона беше Джордж IV. Поне не трябва да се притеснявам, че догодина ще се върна в работническия дом" - каза той с усмивка, която бързо избледня.

Лия издаде неволен писък, а Бранди се разплака и каза: „Много съжалявам, Чарлз".

„А, значи си чувала за работническите домове", каза той. „Но аз съм тук и съм оцелял и очевидно съм продължил да използвам опита си, за да пиша за герои като Оливър Туист и Малката Дорит, да не говорим за двама. Да, четох за себе си в интернет и трябва да ви кажа, че дори се впечатлих".

„Все още не сте се запознали с Малката Дорит - каза Лия, - еднорогът. „Тя излезе да се освежи, но скоро ще се върне."

„Кой?" Чарлз попита.

По даден знак Малката Дорит се появи отново, кръжейки над главите им, и се приземи бързо.

„Малката Дорит, това е Чарлз Дикенс. Чарлз, това е Малката Дорит", каза Лия.

Чарлз остана безмълвен, когато дружелюбният еднорог се втренчи в него. „Никога не съм мечтал, че и през милион години ще срещна еднорог".

„Радвам се да се запозная с теб, Чарлз", каза Малката Дорит.

Чарлз се зачуди: „И то умен и говорещ!" Имаше милион въпроси, които да ѝ зададе, но те трябваше да почакат, защото горе в небето Е-3, Лачи и Бейби се приземяваха. „Буден ли съм или сънувам?" Чарлз попита. „Пощипни ме, за да съм сигурен."

След като Бейби се приземи и Лачи слезе от колата, наоколо се извършиха запознанства, докато Е-Зи бързаше да влезе вътре, за да използва банята. Когато се върна, към тях се присъединиха Сам и Саманта с близнаците на ръце, Харуто и Алфред.

„Цялата банда е тук", каза Алфред.

„Мога ли да говоря с теб и Харуто - попита Бранди. Когато те кимнаха, тя каза: - Много, много съжалявам. Моля, простете ми за грубостта и ми дайте втори шанс". Тя погледна към краката си.

„Нека да започнем отново - каза Алфред.

„Saikai suru", каза Харуто, след което преведе: „Това, което каза".

„Anata wa yurusa rete imasu", каза бабата на Харуто, което в превод означава: „Простено ти е".

Бебето и малката Дорит, застанали една до друга, бяха много странна гледка. Малката Дорит не беше малка, тя беше еднорог, който беше висок над 8 фута, докато Бейби не беше бебе на ръст, тъй като беше висок над 18 фута.

„Мисля, че вие двамата - визирайки Бейби и Малката Дорит - ще трябва да си намерите друго място за спане, тъй като градината няма да е достатъчно голяма за вас двамата - каза Е-З.

Малката Дорит каза: „Аз знам едно място и можем да си купим нещо вкусно за ядене, а също и вода".

„Звучи ми добре", каза Бебето.

Бабата на Харуто потупа бебето по главата и попита: „Josha wa dodesu ka?", което в превод означава: „Какво ще кажете за разходка?".

Бебето каза: „Tashika ni, tobinotte!", което в превод означава: „Разбира се, качи се!".

Харуто се затича и каза: „Matte watashi o wasurenaide!", което в превод означава: „Чакай, не ме забравяй!".

Бебето се спусна надолу, за да могат Харуто и баба му да се качат на гърба му. Те отлетяха, а малката Дорит ги следваше плътно наблизо.

Сам каза: „Мисля, че всички трябва да се настанят, а утре можете да си говорите и да планирате до насита".

„Добра идея", каза Е-З, докато Бебето сваляше Харуто и баба му. Косата на Собо се изправяше на косъм, сякаш беше сложила пръста си в контакта.

Тъй като бабата на Харуто нямаше думи, Саманта я поведе към стаята й. „Харуто спи в моята стая - каза тя.

„Разбира се, веднага ще се върна." Тя се отправи по коридора към стаята на Е-З.

„Как беше?" Е-З попита Харуто.

„Субараши!" - възкликна той, което в превод означава „Фантастично!".

„Днес ни доставиха детско легло и няколко двуетажни легла - каза Сам, - така че Харуто, Чарлс и Лачи, вие сте с Е-Зи и Алфред в тяхната стая. Алфред спи в края на леглото на Е-З."

„Благодаря", каза Е-З, докато се отправяха към стаята му. „А, между другото - каза той, когато останаха сами, - някой от вас имаше ли проблеми по пътя обратно?"

Алфред каза, че не са имали.

„Ами ти, Лия?" - попита той в ума си.

„Не."

„И така, какво се случи?" Алфред попита.

„Ами, имахме пламтящо огнено кълбо по следите си."

Лия изтръпна.

„Но благодарение на бързата мисъл на Бейби то беше унищожено.“

„Как успя да я унищожи?“ Алфред попита.

„Бейби го погълна, а след това го пусна в океана.“

„Това е страшно“, каза Харуто.

„Все още съм малко притеснен за Бейби“, каза Е-З, „защото по пътя обратно забелязах, че се закашля и кихна няколко пъти“.

Лачи каза: „От устата и ноздрите му дори излетяха едни искри. Той казва, че е добре, но аз го наблюдавам отблизо“.

„Не можем точно сега да го заведем на ветеринар, нали?“ Алфред каза.

Харуто се засмя и се разсмя.

„Какво е толкова смешно?“ Е-З попита.

„Хьорю Дорагон“, каза той. „Хьорю Дорагон!“ - което в превод означава драконови ветеринари - и той отново изръмжа от смях.

Алфред и Е-Z свиха рамене, както и Чарлз, който смени темата, като попита дали останалите не смятат, че трябва да измислят ново име за отбора си, тъй като сега са седем вместо трима.

„Може би“, каза Е-З.

„Какви са основните ни характеристики?“ Чарлз попита.

„Обещание“ - предложи Харуто, тъй като се беше успокоил и беше спрял да се смее.

„Стремеж“ - каза Чарлз.

„Вяра“, каза Е-З.

„Надежда", каза Алфред.

Саманта се заслуша зад вратата за няколко минути. Всички звучаха достатъчно дружелюбно, така че тя се върна, за да поговори с бабата на Харуто.

„Харуто се настанява при другите момчета и те разговарят. Ако искаш, утре можеш да го преместиш тук. Той си има собствено креватче там. Те планират ново име за отбора си от супергерои - така че не исках да прекъсвам мозъчната им атака".

Бабата на Харуто кимна: „Благодаря ти."

Лия и Бранди вече бяха включени в разговора между стаите.

„Сила х 7" - предложиха момичетата.

„Ех, тя понякога може да чете мислите ни" - потвърди Е-3.

Чарлз възкликна: „А какво ще кажете за PAFHS7?"

„Харесва ми - каза Е-3, - но не забравяме ли двама ключови членове на нашия отбор? Имам предвид Малката Дорит и Бебето. Те са неразделни членове и вече няколко пъти са ни спасявали задниците".

Алфред повтори думите, както и Харуто.

„Ами PAFHS9!" Лия и Бранди запяха.

PAFHS9 не можеха да се сдържат, те се засмяха - докато не чуха, че някой се разхожда над главите им на покрива.

„Какво, по дяволите, беше това?" Е-3 попита.

„Ю-ху! Това сме ние!" Рафаел каза. „Ериел и аз.

ГЛАВА 10

RUCKUS НА ПОКРИВА НА КЪЩАТА

Сам се зачуди дали Коледа не е дошла по-рано, когато излезе навън по халат, за да проучи шума на покрива. Не можа да види кой е там, докато не застана в центъра на моравата пред дома си.

„Шшшш!" - прошепна той. „Току-що накарахме бебетата да заспят."

Архангелите не отговориха. Вместо това наведоха глави като две смъмрени деца.

„Искате ли да влезете вътре?" - попита той.

„Много ви благодаря", отвърна Рафаел.

ПУФ

POW

Тя и Ериел изчезнаха.

Сам не помръдна веднага от моравата. Краката му бяха мокри от росата на тревата и докато пъхаше юмруци в джобовете на халата си, забеляза Малката Дорит и Бейби да обикалят къщата.

„Всичко ли е наред там долу?“ Малката Дорит попита.

„Да - каза Сам, - но не отивай твърде далеч за всеки случай. Ще свиркам, ако имаме нужда от помощ.“ Той махна с ръка, след което влезе отново в къщата, която сега беше изпълнена с гласове и скърцане на столове. Той стисна зъби и се надяваше близнаците да спят спокойно. Сега в кухнята забеляза, че всички са будни и на крак, освен бабата на Харуто.

Рафаел, който седеше начело на масата, сега приличаше на жената, която беше облечена като медицинска сестра в хотела, когато беше спасен животът на Алфред. Дългата ѝ, развяваща се като на дипломиране рокля увеличаваше статута ѝ сред останалите, сякаш беше седнал професор или съдия.

Ериел, от друга страна, беше променил външния си вид, така че да прилича на починал певец, чиято запазена марка беше да се облича от главата до петите в черно, включително слънчеви очила с тъмни рамки.

„Имаме ли нужда от още столове?“ Саманта попита.

„Мисля, че сме добре - каза Сам. „Надявам се, че това няма да отнеме много време. О, и Е-З, ти заеми другия край на масата, тъй като си нашият избран лидер".

„Е, благодаря", каза Е-З, като се премести на мястото си. „И така, какво, по дяволите, правите вие двамата тук посред нощ?"

Бранди се засмя: „И кой е казал, че аз съм грубиянката?"

Лия каза: „Шшшш."

Рафаел погледна всяко от децата. За първи път виждаше Харуто, Чарлз, Бранди и Лия. Всички те бяха толкова невероятно млади, толкова смели. Очите ѝ се насълзиха, когато погледът ѝ попадна върху Е-З. Тя наведе глава.

Е-З изчака, после разбра, че Рафаел го моли да ѝ даде разрешение да говори. Той кимна.

Преди да заговори, Рафаел нагласи новите си очила. Нейното действие накара Е-З да нагласи старите си очила, които той, по молба на първоначалния им собственик, никога не сваляше от лицето си.

Чарлз, който съвсем необичайно ставаше все по-нетърпелив, попита: „Госпожо, защо съм тук като десетгодишно момче, когато бих бил много по-полезен за този екип като възрастен."

„ТИШИНА!" Ериел възкликна, като удари с юмруци по масата. „Ние имаме думата. Говори, сестро, тъй като тези деца стават все по-нетърпеливи. Очите им трептят и се стрелкат из стаята. Сякаш очакват да ги пуснеш в горещи вани с восък!"

„Грубо!" Бранди възкликна. „Не ме е страх от теб!"

„Шшш - прошепна Лия.

Чарлз се усмихна на Бранди.

„Трябва да се страхуваш" - каза Ериел с гримаса. „Много се страхувам."

„Ред! Ред!" Рафаел извика и тя изчака, докато всички седнат и се успокоят повече. „Ние сме тук тази вечер за ВАША полза." Рафаел каза доста по-силно, отколкото очакваше.

„Тук! Тук!" Ериел се намеси.

„Как така?" Е-3 попита.

„Тя ще ти каже, ако се успокоиш!" Ериел заяви.

Рафаел отново изчака, преди тя да заговори отново.

„Няма време за фантастични планове или за забавяне. Фуриите сеят хаос, все повече с всеки изминал ден, като пиратстват ловци на души. Изхвърлят старите души в откритата празнота. Там цари пълен хаос! И те създават още повече с всяка секунда, всяка минута, всеки час от всеки ден. Накратко, те трябва да бъдат спрени. Незабавно."

„Но..." Алфред каза: „Дори не споменахте за децата."

Ериел стана от стола си. Той се вгледа в Алфред, принуждавайки го да отвърне поглед. „Тя още не е приключила.“

Рафаел продължи, без този път да се колебае.

„Ние, Ериел и аз, сме тук, за да ти дадем съвет - без да участваме пряко. Нашата мисия е да ви помогнем, да си помогнете, за да спасите децата“.

На Е-З не му хареса как звучи това, изобщо не му хареса. Той удари с юмруци по масата.

„Вече се съгласихме да се бием с Фуриите. Първо трябва да се подготвим, да формулираме план. Когато сме готови, ще ги унищожим. Ако сте дошли тук, за да ни избързате, да ни тласнете към битка, преди да е дошло времето, тогава, тъй като съм избран за лидер, бих искал да се оттегля. Ние сме само деца, а вие искате от нас да изложим живота си на риск. Аз не съм, ние не сме готови да продължим напред, докато не сме напълно подготвени“.

Лия се изправи първа и започна да ръкопляска, а останалите от екипа ѝ се присъединиха към нея.

„Каквото каза - изръмжа Алфред, тъй като лебедите не могат да ръкопляскат.

„Чакай!“ Рафаел каза. „Ние не сме тук, за да те бутаме, а за да ти помогнем“.

Цветът на Ериел се промени от бял на червен, в изключителен контраст с черното му облекло. Е-Зи и останалите гледаха, докато цветът на лицето на архангела продължаваше да червенее, страхувайки се, че главата му може да експлодира.

„Успокойте се и седнете!" Рафаел нареди. Ериел пое няколко дълбоки вдишвания, след което отново потъна на мястото си.

Рафаел остана спокоен с високо вдигната глава. Тя отмести стола си назад и се изправи. И продължи да се издига, докато не се издигна над останалите. Настани се, сякаш се возеше на вълшебно килимче, и наклони глава надясно, сякаш позираше за селфи.

„Ние сме отдадени на вас и на задачата, но силите ни имат ограничения. Ако ви е позната поговорката „ние сме тук за вас духом" - тогава ние сме точно това. Днес разчупихме всички правила, идвайки тук, в дома ви. Направихме това противно на съветите на нашите началници и противно на здравия разум.

„С идването си тук се изложихме на невиждани и непознати опасности, но вие си заслужавате риска. Ето защо решихме да дойдем и да предложим помощта си лично".

„Също така разбираме, че сте формулирали план и ние сме тук като ваши съветници. Можеш да го изпробваш върху нас, да видиш дали ще проработи. Ако забележим някакви недостатъци, ще ви ги посочим и ще ви помогнем".

Е-З погледна към членовете на екипа си, които отново седнаха на местата си. „Обмисляме варианта да въвлечем богините в игра и да ги победим там".

„О, разбирам - каза Рафаел. „Вярваш, че можеш да ги победиш в собствената им игра, така да се каже, умнико. Доста умно, но не достатъчно умно, опасявам се."

„Какво имаш предвид?"

„Те са измислили как да манипулират и контролират всички играчи в света на игрите. Знаят всеки трик в книгата - защото индустрията е направила така, че да е лесно, щом си в играта. За да играеш, трябва да убиваш. За да напреднете, трябва да убивате. За да спечелите, трябва да убивате.

„Вътре в света на игрите E-Z също ще трябва да убивате. След като го направите, ставате честна игра за „Фуриите". Те могат да заловят всеки един от вас, един по един. Там не можете да стоите като отбор. Отборите в рамките на играта са просто илюзии. Нито един играч няма да бъде освободен от техния отмъстителен заговор.

„Не забравяйте, че богините имат мандат - а той е да наказват ненаказаните. И те го изпълняват докрай, без „ако", „и" или „но". Въпреки това те използват една сива зона в своя полза. Нищо не може да ги спре - стига да се придържат към мандата." Тя спря и погледна Ериел: „Искаш ли да добавиш нещо?"

„На твое място - каза той, - бих ги нападнал челно на открито. Където и когато най-малко очакват. Това би те поставило в позиция на сила и би ги направило уязвими."

„Това е, ако не ни видят или не усетят, че идваме да ги вземем" - каза Бранди. „Все още не разбирам как убиват децата. Трябва да го видим, за да го разберем и да знаем срещу какво се изправяме. Казах, че ще помогна, но определено очаквах по-конкретна информация".

„Е-З - попита Рафаел, - готов ли си да ми върнеш очилата? За кратко време? С тях ще мога да ти покажа техниката на Фуриите. Как те увличат децата в играта в реално време. Бранди е права, че да видиш, значи да повярваш, но не мога да го направя без оригиналните си очила. Само ти можеш да вземеш това решение. Ако наистина искате да видите. Ако наистина искаш да знаеш."

„Готино - каза Бранди. „Хайде да го направим, Е-З."

Ериел погледна към тавана. „Офаниъл ме призова. Трябва да отида сега." Той се поклони.

ZIP

Той изчезна в нощта.

Е-Зи свали червените очила и ги сгъна, преди да ги подаде на Рафаел, който все още се носеше над масата. Когато тя посегна към тях, очилата полетяха в ръцете й.

Рафаел свали новите очила и полира старите, преди да ги сложи на лицето си. Тя се усмихна, докато тя и всички останали в стаята наблюдаваха как кръвта се движи около рамките по змийски начин, сякаш се запознаваше отново с нея.

Когато кръвта в очилата се върна към своя Рафаелов поток, тя ги сложи на лицето си, след което се насочи към стената, докато от очилата й излизаха мощни ярки проблясващи светлини, каквито бихте очаквали да видите в киносалон.

„Преди да започнем - каза Рафаел, - това не е за хора със слаби сърца. Това, което предстои да видите, е оценено като съпровод за възрастни. Не мисля, че Харуто трябва да го види".

Саманта каза: „Хайде, Харуто. Ние с теб можем да гледаме малко телевизия в другата стая."

Двамата излязоха. И шоуто започна.

На екрана се появи малко момче. На около седем, може би осем години. Въпреки че беше посред нощ, то седеше пред компютъра. На главата му имаше слушалки. Пред устата му имаше малък микрофон, който беше прикрепен към слушалката.

„Имам те!" - каза той. „Нуждая се от още едно убийство, след което ще премина на следващото ниво."

Хиии

И те също можеха да го чуят.

„Ти си убиец!"

"Само лошите момчета убиват - а ти си лошо момче. Майка ти знае ли какво лошо момче убиец си?" "Не, не.

„Играя на игра", каза той. „Това е само игра и ако не убивам, не мога да напредна".

„Бедното момче", каза Е-З.

Тишина.

Момчето възобнови играта си. Скоро дойде време отново да убива. Този път той се поколеба.

"Продължавай. Убил си веднъж, знаеш, че е било забавно, така че продължавай и убий отново. Знаеш, че искаш да го направиш."

„Не!" - каза той.

"Това няма значение. Едно убийство е всичко, което ни трябва!"

Тогава съскането отново стана много силно, по-силно, по-силно, по-силно, по-силно.

„Спрете!" - изкрещя той.

„Спри, Рафаел!" Лия изкрещя.

„Не мога", отвърна архангелът. „Ти каза, че искаш да видиш как го правят. Ако някой от вас е прекалено уплашен, напусни стаята или си закрий очите. Бранди беше права, трябва да го видите сами. Досега и аз не съм го виждал".

ХИХИХИХИИИИИИИИИИИИИИИИИИИИИИИИИИИИИИ.

Продължете. Убили сте веднъж, знаете, че е било забавно, така че продължавайте и убийте отново. Знаеш, че искаш да го направиш."

Продължавай. Убил си веднъж, знаеш, че е било забавно, така че давай напред и убивай отново. Знаеш, че искаш да го направиш."

Продължавайте. Убил си веднъж, знаеш, че е било забавно, така че давай напред и убивай отново. Знаеш, че искаш да го направиш."

„Ла, ла, ла, ла", запя момчето. Опитваше се да блокира гласовете.

„Той се е побъркал", каза приятелят му, който също играеше играта. „Аз си тръгвам. Ще се видим утре в училище, Томи."

„Ла, ла, ла, ла!" Томи продължи да пее.

Пулсът му се учести. Сърцебиенето му се ускори. То туптеше и се блъскаше, сякаш искаше да се изтръгне от гърдите му. Той не можеше да диша. Опита се да се изправи, но краката му се превърнаха в желе.

Чу глас в главата си. Звучеше като гласа на майка му, но не беше.

"Толкова се срамуваме от теб, Томи. Не заслужаваме да имаме за син убиец!"

Втори глас, който звучеше като този на баща му.

"Нашият син не е убиец, кой си ти? Ти не си нашият син."

Томи се разплака.

„Аз съм убиец", каза той, докато се свличаше от стола си и се свличаше на топка на пода.

Сега от екрана се чуват още два гласа. Брат му Алекс, сестра му Кейти, които пееха песен с родителите му, песен, която се пееше на популярна детска мелодия за черничевия храст. Тяхната версия звучеше така:

„Томи е мургав; мургав, мургав, мургав, мургав, Томи е мургав, и ние не го обичаме повече".

Бедният Томи вече беше съвсем сам.

„Не се предавай", извика Лия, макар да знаеше, че той не я чува.

На пода, свит на кълбо, той си представяше, че майка му, баща му, сестра му и брат му танцуват около него. Обикаляха около него като лешояд, който обикаля плячката си.

„Томи е мургав; мургав, мургав, мургав, мургав, Томи е мургав и ние не го обичаме повече."

Сърцето на Томи беше разбито. То се изтласка от тялото му и отлетя.

Фуриите го хванаха и го пъхнаха в уловителя на души. Те затръшнаха вратата.

Рафаел свали очилата. Незабавно проекторът на стената свърши. Докато връщаше очилата на Е-3, една сълза се търкулна по бузата ѝ.

Тишината около масата беше оглушителна.

С тях вещиците, за които Шекспир пише в „Макбет", изглеждат мили - каза Алфред.

„Не виждам как моята способност да се маскирам или да говоря с животните ще помогне, а не е против тях - каза Лачи.

„Бих убил едно, умрял, върнал се, убил второто, умрял, върнал се и убил третото“ - каза Бранди. „Дайте ми да ги хвана в ръце!“

„Чакай малко“, каза Е-З. „Сега, след като го видяхме, трябва да поговорим за него. Преди да се потопим в него. Може би трябва да гласуваме отново? Участието ни трябва да е единодушно“.

Сам заговори. „Не е нужно да се срамуваш, за да кажеш „не“. Никой не ви е назначавал за спасители на света“.

„Той е прав - каза Рафаел. „Никой не ви е назначил - и все пак няма кой друг да го направи“.

„Защо вие, архангелите, не можете да го направите?“ Бранди попита.

„Опитахме всичко, което знаехме, и се провалихме. Ето защо дойдохме при вас - каза Рафаел. „И едно нещо искам да изясня на всички вас... Ако някога настъпи момент, в който се страхувате, че краят е близо, именно тогава ще дойдем да ви помогнем.“

„Как възнамерявате да ни помогнете тогава, след като току-що ни казахте, че сте безполезни?“ Чарлз попита.

„Точно това исках да попитам“ - каза Бранди.

„Ако, когато краят наближи... на нас, архангелите, ще ни бъдат дадени други сили. Докато не се наложи, тези сили спят дълбоко в земните недра.

„Междувременно, Е-З, ти знаеш вълшебните думи, за да призовеш Ериел на своя страна. Същите думи ще доведат и мен, и останалите, ако ти потрябваме.

„Ние ще дойдем. Ще се бием заедно с теб. Но, моля те, не пропилявай призива. За да се събудят древните сили, трябва да има неопровержими доказателства, че краят на човешката раса е неизбежен."

„А какво ще стане, ако ви повикаме, а силите, които казвате, че ще имате, не дойдат. Тогава какво?" Е-З попита.

„Тогава ние ще умрем заедно с вас".

Е-З удря с юмруци по масата.

„Като ги видя в действие, кръвта ми кипва. Трябва да ги победим."

„Ето! Тук!" Чарлз извика.

„Но първо - каза Сам, - трябва да разкажеш на тези деца, преди да ги изпратиш на бой. Разкажи им как точно ти и другите архангели сте се опитали да победите Фуриите."

„Поставихме им капан, когато открихме, че са се върнали. Той ни предаде, издаде ни, а след това те се преместиха в Долината на смъртта. Сега Долината на смъртта е извън пределите на архангелите".

„Извън границите? Кой я направи такава?"

„Това е въпрос, на който не мога да отговоря. Знам само, че екип от изключително могъщи архангели не успя да пробие защитните бариери, които са поставили."

„Това е всичко?" Бранди попита. „Това е всичко, което сте опитали, и искате ние да поемем управлението сега. Наистина."

Рафаел сложи ръце на хълбоците си: „Ние сме архангели и силите ни на Земята са ограничени". Тя се засмя: „Силите ни другаде също са ограничени."

„Добре, добре", каза Е-З. „Разбираме. Нямаме избор, не съвсем, но ни го оставете".

„Много добре", каза Рафаел. „Но преди да си тръгна, Чарлз, исках да отговоря на въпроса ти. Архангелите не са те призовали или освободили. Смятаме, че присъствието ти тук е случайно.

„Не смятаме, че и Фуриите знаят за теб. Може би ти си тайно оръжие. Възможно е да притежавате огромни сили в себе си.

„Казахте, че ви се иска да ви върнат като пълнолетен мъж. Днешната ти възраст е значителна. Ние вярваме, че децата държат в ръцете си бъдещето на човешката раса. Само децата могат да победят чистото зло".

„Но защо само деца?" Чарлз попита.

„Защото се раждат с чисто сърце" - каза Рафаел.

Чарлз седна малко по-високо на мястото си.

Рафаел продължи: „Чарлз Дикенс, не се страхувай да експериментираш и да разкриваш истинската си същност. Във вас може да има врата, която само вие можете да отворите. Ключ.

„Самият факт, че между теб, Е-З и Сам има кръвна линия, е от значение. Не се страхувайте да рискувате всичко, за да откриете този ключ. Вие сте тук, за да помогнете за спасяването на човечеството. В това няма съмнение. Използвайте времето си тук разумно. Направете промяна."

Чарлз се разплака, тъй като до този момент; той се чувстваше безполезен. Останалите го утешават и успокояват.

„Успех на всички вас", каза Рафаел.

POW.

И тя изчезна.

„Когато преживеем това - каза Лия, - а ние ще го преживеем, ще организираме най-голямото парти на победата в историята".

„Чарлз", каза Е-З. „Ако Рафаел е прав, ти може да се окажеш най-важният член на екипа. Моля те, отдели време да потърсиш малко в душата си."

„Как се търси душата?" - попита той.

„Медитацията е един от начините", каза Бранди.

„Или разходка сред природата", каза Лачи.

„Време насаме, просто да си помислим" - предложи Алфред.

„Нека се наспим и да продължим тази дискусия на сутринта", каза Е-З.

„Не мисля, че ще мога да заспя много, след като гледах бедния Томи", каза Лия. „Беше дори по-лошо, отколкото си представях."

„Да, бедният малък Томи", съгласи се Алфред.

„И така, всички са все още вътре?" Е-З попита.

Всички казаха „ДА".

„Ами Харуто?"

„Мисля, че той все пак ще влезе", каза Е-З. "Но ще обясня всичко на Собо и тя ще може да го обсъди с него. Напълно бих разбрал, ако се откажат".

„Не мисля, че ще го направят", каза Саманта. „Харуто спи. Чувства се засрамен, защото е твърде малък, за да види това, което ти виждаш. Сякаш е бил по-малко важен член на отбора".

„Постъпила си правилно, като си го извела от стаята - каза Сам. „Това, на което станахме свидетели, беше ужасяващо."

„Съгласен съм", каза Е-З.

Чарлз каза: „И така, всичко е за един и един за всички. Точно като в „Тримата мускетари".

„Винаги съм обичал тази книга!" Алфред каза.

Дори в най-тежките ситуации книгите винаги сплотяваха хората. Всеки член на PAFHS9 се надяваше, че това е едно нещо в света, което никога няма да се промени.

ГЛАВА 11
DEJA VU

E-Зи и Сам вече нямаха много време насаме, но никой от тях не се оплакваше от това. Саманта се притесняваше, че губят връзка, и беше решила да оправи нещата, като ги изненада със закуска за ранни птици в кафенето на Ан.

Те пристигнаха в кухнята по едно и също време - тъй като и двамата бяха получили съобщения да се облекат и да дойдат в кухнята веднага.

„Какво става?" Сам попита.

„Да, какво става?" Е-З попита.

„Нищо не е наред", каза Саманта. „Вие двамата имате резервация в „Ан", така че отивайте там още сега - преди всички да се събудят и да искат да се присъединят към вас".

Сам целуна съпругата си.

„Мислех, че е време и вие да закусите отново заедно."

Е-З даде на Саманта голяма прегръдка.

„Сами ще си проправим път дотам?“

„Определено, чичо Сам.“

Сам грабна раницата си с лаптопа в нея и тръгнаха.

Беше красива пролетна утрин с много птичи песни, които им правеха серенада по пътя към кафенето.

„Тази твоя жена е доста специална“.

„Да, тя е една от милион.“

Скоро пристигнаха в кафенето. То беше почти празно и Ан не беше открита никъде, но Е-З разпозна сестра ѝ Емили. Не я беше виждал от времето, когато беше малък.

„Не си се променил много - каза Емили и го прегърна с ръце.

„Ти също не си се променил“, каза Е-З. С приглушен глас, тъй като тя го задушаваше в обемистия си пуловер. „А това е чичо Сам.“

„Виждам приликата - каза Емили, като стисна здраво ръката му. „Имам идеалната маса за теб, последвай ме.“

Когато минаха покрай обичайната им маса, той се поколеба и погледна към чичо си. „Имаш ли нещо против да седнем на тази, вместо на Емили?“

„Разбира се!“ Емили сложи приборите и подаде менютата. „Кафе?“ Сам кимна и тя му наля пълна чаша с гореща пара.

„Обичайното ли ще пиеш?“ - попита тя Е-З. Сестра ми ми каза какви могат да бъдат“.

„Определено.“

„И това беше гъст шоколадов шейк, прав ли съм?“ "Не, не.

Тя беше на място.

„А ти, Сам?“ - попита тя. „Какво ще ядеш днес?“

„Направете две от това, което пие племенникът ми“, каза той, "но задръжте гъстия шейк. Кафето е единствената напитка, от която имам нужда тази сутрин.“

„Правилно!“ - каза тя и отиде в кухнята.

Сам отвори лаптопа си, после отново го затвори.

„Хубаво е да дойдеш на място, където всичко е винаги едно и също“ - каза Е-З.

„Трябва да доведа Сам и близнаците тук някой ден скоро. Бих искал да подкрепям местния бизнес, а и това е добър пример за Джак и Джил“.

„Определено. Това място има само хубави спомени за мен“, каза E-Z. „Но някой от тези дни ще изляза на светло и ще си поръчам нещо различно. Трябва да дам добър пример на братовчедите си, нали?“

Сам се засмя, след което отпи глътка кафе. След секунда Емили дойде и отново напълни чашата. „Сякаш има очи в задната част на главата си.“

Е-З се засмя. Умът му витаеше около определена тема, която искаше да обсъди: Фуриите. В същото време не искаше веднага да се впуска в тежкия разговор.

„Така е. Жена ми ще има пълна къща с гости, които ще трябва да нахрани, когато всички станат".

„Собо ще помогне."

„Вярно е, но не мисля, че трябва да се възползваме. Бих искал да сме в състояние да направим повторение, ако разбираш какво имам предвид?"

„Определено. И така, нека се заемем с това."

Сам отново обърна лаптопа си. Този път го включи и набра в търсачката:

Как да победим Фуриите.

Е-З кимна, докато шейкът му беше поставен пред него. Той веднага се опита да отпие малко от гъстия си шейк, но той беше прекалено гъст, за да мине нещо през сламката - точно така му харесваше. „Има ли нещо полезно?"

„Пише, че Ериниите - или Фуриите - могат да бъдат успокоени само чрез ритуално пречистване."

„Какво означава това?"

„Мисля, че това означава, че ще трябва да извършиш някакво дело - по тяхно искане, като изкупление".

„Не означава ли изкуплението същото като покаянието? Не ми харесва как звучи това - каза Е-З. „Ние не сме направили нищо, за което да се покаем пред тях."

„Може да означава и Изкупление. Възмездие. Възмездие. Възстановяване.“

„Четирите Р“, това е запомнящо се, но отново питам за какво ще им се отплатим?

„Мислете нестандартно - каза Сам. „Ами ако можеш да направиш нещо, да ги насърчиш да се разходят и да оставят децата и ловците на души на мира?“

Е-З се засмя. „Ако имаше начин, щеше да е перфектно. Също така, твърде лесно.“

Сам се почеса по главата. „Тук пише, че Фуриите са наказвали мъже и жени за престъпления след смъртта и по време на живота им. Точно това правят и сега - деца, а не възрастни. Не знаех това.“

„Това, което не разбирам, е защо. Защо са се върнали сега? Какво се е променило...“

„Все прекрасни въпроси, на които не мога да отговоря“ - каза Сам. „Но, о, ето нещо интересно. Казва се, че като богини на съдбата те са попречили на човека да научи за бъдещето.“

„Как точно?“

„Не се казва“, каза Сам, точно когато Емили отново пристигна, за да освежи чашата му с кафе. „Само малко“ - каза той. Страхуваше се, че ще отплува към дома, ако изпие още едно кафе.

„Закуската ти ще бъде готова след секунда - каза тя. „Надявам се, че си гладен!“

„Определено сме", каза Е-З, докато се опитваше отново да изпие гъстия си шейк и имаше известен успех в това да вкара малко през сламката.

Емили се усмихна, след което отиде да поздрави някои нови клиенти.

„Преди всичко това - каза Сам, - никога не бях чувал за „Фуриите". Тук пише, че и в гръцката, и в римската митология те били духове на справедливостта и отмъщението. Другото им име Еринии означава гневни". Той превъртя надолу. „Виждам няколко споменавания в света на игрите. Нито едно от прилагателните, използвани за описването им, не противоречи на това, което вече знаем, т.е. Фуриите са зли зловещи същества, които не проявяват милост."

„Иска ми се Пи Джей и Арден да се върнат с нас. С техните познания за играта на магьосници, обзалагам се, че ще знаят какво да правят. Откакто ги изгубихме, се самобичувам, че съм загубил връзка с тях. И всичко това, защото прекалено много се вживях в ролята си на супергерой. Тези момчета наистина ми липсват."

„Те не биха искали да се самоизяждаш. И на мен също ми липсва да ги виждам наоколо."

Емили сложи храната на масата: „Наслаждавайте се!" - каза тя.

Е-З и Сам ядоха жадно, без да говорят известно време. След многото звуци на наслада от храната те възобновиха разговора си.

„Тъкмо си мислех за плана - да ги победим вътре в играта. Сигурно звучи добре - или поне така си мислехме, докато Рафаел не ни каза обратното. Добре, че ни го каза направо, иначе... ами, дори не искам да си помислям какво можеше да се случи с някое от децата."

„Все пак продължавам да си мисля, че Фуриите трябва да имат ахилесова пета. Помниш ли онази история?"

„Да. Ако имат слабо място, не знам кое е то. Знаем, че са смъртни като нас. Ако могат да умират като нас, тогава поне условията са равни".

„Нека се съсредоточим малко повече върху слабите им места: гняв, обида, отмъщение".

„Това са същите неща, за които те наказват другите, така че как може да са техни слабости?" Е-3 попита, докато пъхаше в устата си пълна вилица с палачинки. „Значи, добре."

Сам кимна: „Сигурно са." Той отпи още една глътка кафе. „Вярно, което означава, че може би ще успеем да използваме същите неща, за които те наказват другите, срещу тях".

„Но как?"

„Това не го знам - ДАЛЕЧ."

„Може би ще ни трябват повече от един от тези сеанси заедно, за да обмислим нещата" - каза Е-3. Втората му чиния, пълна с палачинки, беше поставена на масата пред него.

„Ан току-що се обади и ми каза да се погрижа да донеса втора порция палачинки за теб - каза Емили.

„Благодаря. И кажи на Ан, че се надявам скоро да се почувства по-добре.“

„Ще го направя. Още кафе?“

Сам кимна и тя напълни чашата му. Когато Емили си тръгна, той каза: „Е, ще се върна след малко“ и отиде в банята.

E-З обърна екрана към него и набра:

КАК ДА УБИЯ ФУРИИТЕ?

Изскочиха няколко отговора, но всички те бяха свързани с това как да се победят трите богини като герои в света на игрите.

Сам се върна. „Намери ли нещо?“

„Нищо полезно. Макар че пише, че корените на фуриите може да стигат чак до праисторически времена.“

„Е, родът на Бейби също стига доста назад“.

„Трябваше да видиш колко бързо погълна тази огнена топка! Без секунда колебание.“

Като приключиха с яденето, те благодариха на Емили и си тръгнаха към къщи. Бяха толкова пълни, че не мислеха, че някога ще ядат отново.

„Беше ми приятно да прекарам сутринта с теб“ - каза E-З. „Чувствах се като в стари времена.“

„Сигурно. Нека го направим отново скоро. Междувременно нека помислим повече за това, което научихме днес, защото, както се казва в старата поговорка, където има воля, има и път.“

„Вярно, вярно, чичо Сам. Вярно, вярно.“

ГЛАВА 12
ОБРАТНО В КЪЩАТА

Когато се върнаха в къщата, първото нещо, което Сам направи, беше да прегърне жена си. Тя се радваше да го види, но ръцете ѝ бяха заети с приготвянето на закуската.

„Радвам се, че ти е харесало - промърмори Саманта.

„Мога ли да помогна с нещо?" Сам попита, докато преценяваше ситуацията с близнаците.

„Всичко е овладяно" - каза Саманта, докато зад нея близнаците нададоха плач.

Най-вече защото Харуто беше спрял за момент да играе своята версия на hon no piku, което в превод означава пикаене. Във версията на Харуто той правеше физиономия, после се въртеше много бързо, докато изчезнеше, после се появяваше отново, а близнаците се кикотеха.

„Това е много креативно!" Сам каза, докато Лачи се намесваше, за да поеме забавната роля.

Лачи премина направо към няколко имитации на животни и получи възторжени отзиви от близнаците, когато се засмя като кукабура:

Ку-ку-ку-ку-ку-ку-ку-ку-ку-ку-ку-ку-ку!-КАА!-КАА!-КАА!

След това дойде ред на Чарлз да забавлява с историята си, наречена „Трите камъка".

„Ива?" Харуто каза това, което в превод означава камъни.

„Да", каза Чарлз, докато Е-З и Сам се оттеглиха до вратата, за да изслушат и те историята, докато Алфред, Собо, Бранди, Лия и Саманта продължаваха с приготвянето на храната.

„Имало едно време - започна Чарлз, - имало един хълм, високо над Ламанша. На него имало много, много камъни. Всъщност твърде много, за да ги преброя.

„В този ден един голям и тежък камион се изкачваше по хълма, скърцайки и скърцайки със зъбите си. Когато достигна върха, той пусна в действие повдигач на камъни, който се бореше с тежестта на всеки камък. В продължение на часове той успяваше да събере възможно най-много камъни. Докато задната част на камиона се напълни. И все пак не беше препълнен. Препълването означаваше, че при движението на камиона камъните щяха да се търкалят от него, което трябваше да се избягва на всяка цена.

„Камионът се спусна по хълма. Той изсипа камъните в друг по-голям камион. Камион, който беше твърде голям, за да успее изобщо да се изкачи по хълма, и нямаше повдигащ механизъм на него. Когато по-малкият камион отново беше празен, той се върна нагоре по хълма. Скоро той отново бил пълен с камъни.

„Този процес се повтори няколко пъти, докато по-големият камион се напълни до самия връх. Всички останали валуни трябваше да бъдат транспортирани с по-малкия камион. Сега, когато и двата камиона бяха пълни, тежката работа беше приключила. И така, беше време за обяд. Мъжете изядоха сандвичите си и изпиха термосите си с горещ, сладък чай.

„Обратно на върха на скалата останаха само три самотни камъка. Те бяха тъжни, защото бяха загубили приятелите си и се чувстваха отхвърлени, нежелани, ненужни и доста ядосани едновременно. Чувството на твърде много емоции едновременно може да бъде объркващо, но споделянето на чувствата с приятели може да помогне, така че трите камъка обсъдиха затрудненията си.“

„Какво правят те с всичките ни приятели?“ - попита първият боулдър, чието име беше Роки.

„Не знам", каза вторият боулдър, чието име беше Камъче. „Може би и те се нуждаят от приятели там, където отиват. Те със сигурност ще ми липсват."

„Не" - каза третият камък, който беше по-възрастен и по-мъдър и чието име беше Краги. „Те не ги отвеждат да видят света. Нито пък за да бъдат техни приятели. Нима не знаеш, че те ни мачкат, за да им правим пътища".

„Не!" Роки и Камъчето извикаха. „Те не могат да смачкат нашите приятели на каша!"

„Иска ми се да бяха взели и мен" - каза Крейги. „Твърде стар съм, за да седя тук в това тежко време. Суровите ветрове пробиват външния ми слой и не бих имал нищо против да прекарам бъдещето си като път. Тогава поне ще имам някаква цел."

„Цел?" Роки възкликна. „Наричаш това да си смачкан нагоре и всеки ден и всяка нощ да те прегазват превозни средства цел?" "Не, не.

„По-добре е, отколкото да седим тук, само тримата завинаги. Омръзна ми от вятъра, дъжда и всичко останало - каза Краги.

„Е, ако толкова искаш - каза Камъка, - тогава всичко, което трябва да направиш, е да се претърколиш от ръба. Ще паднеш право в задната част на камиона долу и ще си тръгнеш с останалите ни приятели".

„О, това е твърде далеч", каза Роки, докато се търкаляше малко по-близо до ръба. „Наистина ли толкова много искаш да ни оставиш? Не можеш ли да си намериш цел, като останеш тук с нас? Имаме нужда от теб. Ти си по-възрастен и по-мъдър."

Крейги се приближи до ръба и надникна през борда. Беше истина, камионът беше точно там. Няколко капчици пот се стичаха по него. Или това бяха капчици пот, или сълзи.

„Пътят надолу е ужасно дълъг" - каза Крейги. „И не би било правилно от моя страна да ви оставя двамата младежи сами."

Камъчетата казаха: „А какво ще стане, ако се разминете с камиона и се разбиете на парчета там долу! Ние щяхме да сме тук горе, с тази прекрасна гледка, а вие щяхте да сте сами там долу."

„Освен това - каза Роки - някой ден може да се върнат за нас. Междувременно можем да си поговорим, да се насладим на гледката и на чистия въздух."

Под тях камионът отново запали.

ЧУНГА ЧУНГА, ЧУНГА, ЧУНГА, ЧУНГА.

„Сега или никога", каза Крейги, докато камионът се отдалечаваше.

„Поне сме заедно" - каза Роки.

„Три камъка, сгушени един до друг рамо до рамо. Обърнаха гръб на вятъра, вдъхнаха свеж въздух и погледнаха към прекрасната гледка на залязващото на хоризонта слънце.

„Поуката от историята е - започна Чарлз..."

Това бяха последните думи, които Е-3 чу, преди отново да се върне в проклетия силоз.

ГЛАВА 13
SILO

Добре дошли обратно!" - каза гласът в стената с буйна радост, която накара раменете на Е-3 да се напрегнат, сякаш някой стоеше върху тях. Без да иска да отговори, той сви рамене първо напред, после назад с надеждата да намали напрежението.

„ДОТ. ДОТ - каза втори глас в стената, но този път гласът беше по-тих, почти шепот.

Той отвори уста, за да отговори, но нищо не му хрумна, затова остана тих, освен почукването на пръстите му, което се надяваше да облекчи напрегнатото му тяло.

Първият глас, с по-успокояващ тон, попита: „Виждам, че се чувстваш напрегнат, притеснен. Има ли нещо, което мога да ти предложа, за да убиеш времето си по време на чакането? Напитка? Книга? Пътешествие в ума ви?"

Тя беше много проницателна за глас в стената и това му помогна да се отпусне малко, но той не искаше да приеме предложението ѝ, тъй като нямаше представа какво би включвало едно пътешествие в ума.

„Виждам, че се колебаеш…"

Той седна прав и висок на стола си и заудря с пръсти по подлакътниците, сякаш се люлееше на „Smoke on the Water" на Deep Purple. Двамата с баща му я бяха изсвирили на една остаряла версия на Guitar Hero и се бяха забавлявали. Спомняйки си този момент сега, той се почувства така, сякаш баща му беше в силоза с него.

„Сигурен ли си, че не искаш да пътуваш в ума си?" - попита отново жената в стената. „Ще си изкараш страхотно!"

Взрив. Току-що беше използвал тази дума в съзнанието си, за да опише Геройството на Гитара с баща си. Без съмнение жената в стената можеше да чете мислите му.

„Какво точно е това?" - попита той. „Не казвам, че искам да се занимавам с това, не и докато не науча повече за това какво включва".

„Защо, това е място, на което мога да те изпратя. Специално място, където можеш да изживееш мечтата си".

Звучеше невероятно… и преди той да успее да отговори…

ДУХ ДУХ ДУХ,
ДУХ ДУХ ДУХ ДУХ
ДУХ ДУХ ДУХ

DUH DUH.

Беше на сцената, свиреше на соло китара, с група, която веднага разпозна като оригиналните Deep Purple.

Вокалистът, който беше напуснал групата, но свиреше на оригиналната соло китара в Smoke in the Water, изглежда нямаше нищо против, че E-Z сега изпълняваше неговата роля и също не се справяше зле с нея. Вокалистът му вдигна палец, след което премина през сцената до мястото, където E-Z седеше в инвалидната си количка. Заедно изсвириха няколко рифа, докато публиката крещеше, освиркваше и аплодираше. Следващото нещо, което си спомняше, беше, че отново се намира в силоза, но напрегнатото чувство, което беше изпитал преди, сега беше напълно изчезнало.

„Благодаря ви! Това беше адски фантастично! Не мога да ви опиша колко много означаваше това за мен. Никога няма да го забравя. Никога!" Той се поколеба и си помисли, че единственото нещо, което би го направило по-добро, е баща му да е там, на сцената, с него.

„Съжалявам, че не можах да включа баща ти... но това беше само предпремиера. И сте добре дошли. А сега седнете спокойно. Времето за изчакване е една минута."

„Мисля, че тогава истинското нещо ще ме разтърси!" E-Z каза, като отпусна глава назад и отново преживя преживяването, вече чувствайки се толкова напълно отпуснат, че можеше да подремне.

PFFT.

Този път ароматът беше различен - мента и още нещо, което не можеше да определи с пръст.

„Това е розмарин - каза гласът в стената.

„Доста освежаващ." Очите му бяха затворени и той се унасяше в мислите си, когато покривът над главата му зейна. Той поклати глава, отвори очи, подготвяйки се за това, което предстоеше да се случи.

В металния контейнер нахлуха лъчи светлина, които се отразиха и отскочиха от стена на стена. Той покри очите си, за да ги предпази от тревожното светлинно шоу. Когато отскачащите светлинни лъчи приключиха, през отворения покрив се спусна една фигура. Какъв вход беше направила. Това беше Рафаел.

„Здравей - каза той. „Това беше доста интересно влизане."

„Повишиха ме - призна архангелът, - и се изисква известна доза разкош. Може би малко прекалявам в този случай, но това е сравнително ново повишение. Всички повишения имат крива на обучение."

„Поздравления за повишението."

„Благодаря, а сега да преминем към въпроса защо сте тук."

„Разбира се.“

Е-З търпеливо изчака Рафаел да заговори отново, но за известно време не го направи. Вместо това се разхождаше наоколо като птица, която за първи път изпробва крилата си. Дали се изтъкваше? Ако да, защо? Тогава той я видя - тя носеше чисто нов чифт очила. Те бяха по-големи, с по-отличителен вид, с по-големи рамки и по-дебели стъкла и я караха да изглежда като женски вариант на господин Макгу.

„Ех, хубави очила - излъга той.

„Не бяха първият ми избор“, призна Рафаел, „но ще трябва да свършат работа“. Тя се приближи до мястото, където той седеше, и се наведоха. „Изглежда.“ Тя спря и се раздвижи неудобно.

SKIDOO

Дойде един стол, на който тя седна за секунда.

SKIDOO

И тя изчезна. Тя отново се навела. Постави отворената си длан отстрани на лицето си. „Няколко неща бяха доведени до нашето внимание. Нямам предвид това в кралския смисъл на думата, а като за всички архангели“.

„Като например?“

Тя отново се засуети.

„Да помоля ли стената да пръсне малко лавандула, за да те отпусне? Изглеждаш доста напрегната.“

След това тя се озова пред него и изпищя: „ЛАВАНДУЛАТА НЕ РАБОТИ НА АРХАНГЕЛИ! Това е гнусна, човешка...“ Тя си пое дълбоко дъх. „Много съжалявам.“

„Всичко е наред. Разбирам, че имаш да ми казваш лоши новини. По-добре е да скъсаш лепенката. Това, което искам да кажа, е просто да ми го кажеш направо.“

„Много добре. Започвам.“

Е-3 се наведе по-близо: „Добре, снимай.“

От високоговорителите в стената зазвуча песен, нещо за застрелване на шериф.

Отначало той си гукаше: „Спри!“ Е-3 заповяда. „И ми кажи защо съм тук.“

„Той иска да премине направо към работа“, каза си Рафаел. „Е, тогава ето го. Ще премина направо към същността.“

„Добре, направи го.“ Е-3 каза, че й се иска да го направи.

„Накратко - каза тя, - Ериел е хванат с червени ръце - играе и за двете страни“.

„Каква игра?“ Тогава нещо в съзнанието му се подкокороса. „Не, не можеш да имаш предвид, че ни е предал?“

Тя почука с костеливия си пръст по брадичката си, а Е-3 отвори и затвори устата си като дребна риба от вода.

„Да.“ Ериел е лично отговорен за смъртта на приятелката ти Розали. Той е отговорен и за унищожаването на Бялата стая. Всички той. Всичко това е Ериел."

Е-З прие всичко това. Бедната Розали. „Чакай! Не работеше ли той за теб? Искам да кажа, не беше ли ти отговорна за него? Как е възможно това да се е случило по твое време? Чела съм някои неща за архангелите, но да предадеш деца, които доброволно ти помагат, е най-ниското ниво, до което можеш да стигнеш. Предполагам, че леопардите не си сменят петната."

„Аз не отговарях за Ериел. Ние с него бяхме колеги, другари. Работихме заедно и мисля, че се уважавахме взаимно. Грешах."

„И все пак те повишиха."

„Бях, но двете неща не бяха пряко свързани. Всичко, което мога да ти кажа, е, че някога Ериел беше един от нас, а сега не е. След като ни предаде, и теб. След като обърна гръб на принципите си - на всичко, за което се борим - той е аут. Искам да кажа, че е окончателно изключен."

Е-З изтръпна. „Искаш да ми кажеш, че Ериел ни е разкрил? Като казвам нас, имам предвид мен и моя екип?"

„Майкъл, който е нашият лидер, е разпитвал Ериел. Трябваше да се потрудим, за да го накараме да говори. Но той призна, че е върнал Фуриите на Земята. Че ги е използвал, за да напредне в работата си. Няма изкупление. Няма прошка за Ериел."

„Нямам думи. Как се случи това?"

„Как? Ами ако знаехме как, щяхме да знаем и защо - а ние не знаем. Това, което знаем, е, че той е Ериел, а Ериел винаги прави това, което е най-добро за него. Знаехме, че има проблеми, и въпреки това продължавахме да му даваме възможности да се докаже - а когато ни проваляше - му прощавахме и му давахме още един шанс и още един шанс. Продължихме да вярваме в него и досега. С него е свършено. Свърши."

„Свърши? Имаш предвид мъртъв? Архангелите умират ли? И защо му дадохте толкова много шансове? Не знаеш ли поговорката: „Три удара и си аут"?

„Да, чувал съм тази бейзболна терминология, но ние сме архангели и от всички нас се очаква да се провалим или да рецидивираме на някакво ниво. И си прав за случката в Райската градина. Историята ни е далеч назад... но ние си мислехме, че се справяме по-добре, че се усъвършенстваме. Аз самият съм покровител на младите хора, като теб и твоите приятели.

„Затова предложих да работим заедно с вас, за да победим тези ужасни фурии. Ериел беше този, който ме насърчи да го направя. Той е този, който те откри. Който изпрати Хадза и Рейки при теб. До момента, в който се появиха тези ужасни сестри, ние добавяхме нещо положително към живота на всички вас... Давахме ви смисъл. Помните ли моментите, когато искахте да се откажете? Не го направихте, защото ние ви помогнахме да продължите."

„Добре, разбирам, че Ериел е злодей. Какво означава това за мен и моя отбор? От мястото, на което седя, мисията ни е компрометирана. Така че ние сме аут и мисля, че трябва да преминете към план Б".

„Проблемът е - каза Рафаел, след което спря, тъй като таванът над тях се отвори отново и Офиниел пристигна без никакво разточителство, докато се носеше надолу към тях.

„Отдавна не сме се виждали - каза Офаниел, насочена към Е-З. След това към Рафаел: „В готовност ли е?"

„Да, на крак е. И със сигурност се радвам, че си тук, защото той иска да знае какъв е нашият план Б".

Офаниел кимна. „Много добре. Казано възможно най-ясно, ние нямаме план Б, В или Г - защото ти и твоят екип бяхте всичките ни планове в едно."

Е-З поклати невярващо глава. „Вие, архангелите, не сте ли чували фразата: „Не слагай всичките си яйца в една кошница"?

Офаниъл се засмя. „Да, произходът ѝ е от героя на Сервантес „Дон Кихот", но за мен тя никога не е имала смисъл. Вероятно защото ние, архангелите, не ядем яйца. Само при мисълта за желеобразната им жълтеница - фъф - ми се иска да повърна".

„И на мен - каза Рафаел и прикри устата си с обратната страна на ръката си. „Освен че изглеждат отвратително, защо изобщо човек би сложил яйца в кошница? Защо не в купа? Ако приготвяш яйца..."

„Съгласен съм", каза Офаниел. „Виждала съм Джейми Оливър да приготвя омлет. Той първо използва купа, а след това ги приготвя".

„О, братче, и аз не мога да повярвам, че вие, архангелите, гледате някаква телевизия, камо ли пък Джейми Оливър". Той поклати глава. „Това означава, че ако сложиш всички яйца заедно, на едно място - като кошница или купа, или тиган, или каквото предпочиташ, - ако изпуснеш кошницата, купата или тигана - тогава всички яйца ще бъдат счупени и развалени от черупките - така че няма да имаш яйца за закуска."

„Но нима кокошките не снасят яйца всеки ден? Така че, ако днес не получиш яйца, просто се върни утре" - каза Офаниел.

„Какво е един ден без яйце?" Рафаел попита.

Е-3 разтвори ръка и я удари по главата си. „Аргххх!" Архангелите го погледнаха и зачакаха, докато той вдишваше много дълбоко и след това издишваше много силно. „Какво ще правим с тази ситуация с Ериел?"

„Първо - каза Офаниел, - тук, при вас, по ваша специална молба, се завръщат, барабар с барабана - двамата ви приятели..."

POP

POP

Пристигнаха Хадз и Рейки, или това, което приличаше на двамата желаещи да бъдат ангели. Бяха почернели от сажди от главата до петите. Листенцата им бяха изкривени, разкъсани, някои бяха отворени и вдигнати нагоре, други бяха мъртви и изсъхнали. Крилата им бяха увиснали, сякаш бяха забравили как да летят или нямаха желание повече, а лицата им, изражението на лицата им беше на крайно отчаяние.

„Какво се е случило с тях?" - попита той.

Офаниъл се приближи до двамата разселени желаещи да станат ангели и те се отдръпнаха.

„Вече сте в безопасност - каза Рафаел с мек майчински глас, което ги накара да избухнат в ридания, които се превърнаха в стенания.

Офаниъл запуши ушите си, после се приближи до E-Z и прошепна. „Ериел ги беше затворила. Този път ни отне известно време да ги намерим. Горките неща не можеха да си помогнат, защото той ги лиши от силите им".

„Горкичките", каза E-Z.

E-Z, Офаниел и Рафаел се обърнаха към съществата. Хадза и Рейки се опитаха да се усмихнат. Дори не се доближиха до тях.

Двамата се мятаха насам-натам, сякаш отблъскваха глутница лешояди.

„Не се мърдайте - каза Офаниел.

Хадз и Рейки спряха да се движат. Сега те седяха като двойка мръсни кукли с очи, вперени в нищо и никого. Бяха сянка на предишните си същности.

„Не искам да бъда груб - прошепна Е-З, - но в сегашното си състояние няма да ни помогнат особено. Това е така, ако успеете да ни убедите да продължим с този план при тези обстоятелства“.

Думите на E-Z удариха двамата желаещи да станат ангели като шамар по лицето.

POP

POP

„Колко много грубо и ненужно жестоко!“ Офаниъл се скара, преди да изчезне.

ZAP

„Показахте ни много жестока страна от характера си Е-З Дикенс и ако майка ви и баща ви бяха тук, щяха да се срамуват от вас“.

„Съжалявам - каза Е-З, - но никога не ми говорете за родителите ми. За вас, архангелите, те са извън границите на позволеното. Разбираш ли?“

Рафаел кимна.

„Освен това не съм искал да нараня чувствата им. Разбира се, можем да ги използваме. Ако трябва да се борим с Фуриите, тогава ще имаме нужда от цялата помощ, която можем да получим.

Върнете се, моля, Хадз и Рейки. Дайте ми още един шанс.“

Нищо.

Е-З опита отново. „Върнете се и ще бъдете много желани членове на нашия отбор“.

ПОП

POP

Двойката вече беше чиста и подредена като старата си същност.

„Добре дошли обратно“, каза Е-З.

Хадза и Рейки прелетяха към него. Всеки от тях зае място на едно от раменете му. Те потрепериха неволно, уплашени от собствените си сенки.

„Всичко ще бъде наред“, каза той. „Ще ви пазим гърбовете сега, когато сте член на нашия екип“.

Те се опитаха да се усмихнат и той оцени усилията им.

„И така - каза Е-З, - какво точно каза Ериел на Фуриите за нас?“

„Каза им, че изпращаме деца, за да ги победят - това е всичко“.

„Това е, което ви е казал? Откъде да знаем, че не лъже? И как ще разберем каква е крайната цел на Фуриите?“

„Мислим, че знаем, че крайната игра на Фуриите и Ериел е да контролират Земята. Те щяха да ударят ЗЕМНИЯ ПАУЗ и да го превърнат в Нов Хадес, т.е. в ад на земята. Където биха могли да управляват, като сформират отбор от души, които ще бъдат на тяхна милост. Да, те щяха да пуснат душите да се движат свободно, но веднъж получили свободата си - щяха да трябва да се откажат от нея."

„Защо биха се съгласили да се откажат от нея?" - попита той.

„Защото хората, дори човешките души, не могат да възприемат понятието свобода. Вместо това те предпочитат да бъдат ограничавани. Липсата на свобода е човешкото одеяло за сигурност".

„Това е лъжа", каза Е-З. „Толкова ме ядосва! Ние, хората, можем да оценим свободата си. Обичаме природата, възможността да дишаме въздух, да споделяме мислите и чувствата си с другите, да ценим света и всичко, което имаме в него."

„Достатъчно ядосан, за да се бориш за своята свобода и за свободата на другите?" "Не, не. Офаниел каза.

Е-З дори не беше забелязал, че се е върнала.

„Да", каза той. „Но кажи ми, че в този техен нов свят те биха избрали само душите, които могат да контролират. Какво ще стане с останалите?"

„Те щяха да плуват вечно наоколо, без дом", каза Рафаел. „В този техен нов свят задгробният живот щеше да бъде премахнат. Земята завинаги щеше да е в състояние на пауза. Душите щяха да останат в тела, които вече нямаше да са живи, нито пък щяха да са мъртви. Вече нямаше да бият сърца. Вече нямаше да има любов или деца, които да се раждат. Няма да има души, които да се издигнат - вече - никога."

Е-З остана мълчалив, мислейки, приемайки всичко това.

Гласът в стената попита: „Иска ли някой да се освежи?"

„Не, благодаря", каза той, но се зарадва на прекъсването, защото то го върна към момента. „Разбрах за какво Ериел е използвала Фуриите. Остава фактът, че той е архангел като теб и ти си знаел, че има проблеми, но въпреки това си му давал шанс след шанс, дори когато не го е заслужавал. Така че сега се чудя защо ние, аз и моят екип, трябва да поправяме това, което един от вашите собствени архангели е провалил?"

„Защото..." Рафаел започна.

„Още не бях свършил - каза Е-З. - Преди, когато ти и Ериел посетихте дома ми, когато той се запозна със семейството ми и с другите членове на екипа, ние си мислехме, че той е на наша страна. Той е видял къде живеем. Той знае всичко за нас. Заради него сме в сериозна опасност".

„Това е вярно", каза Офаниел.

„Неоспоримо и ние много съжаляваме - каза Рафаел.

„Нека Ериел ги отзове. Той е създал тази бъркотия и трябва да я оправи". Той удари свитите си юмруци в подлакътниците на стола си, което накара Хадза и Рейки да подскочат и да се разтреперят. Той потупа желаещите да станат ангели по главата. „Всичко е наред, съжалявам, че ви разстроих."

„Браво!" Хадз се зарадва.

„Ура!" Рейки извика.

Рафаел и Офаниел казаха в един глас: „Ериел е затворена дълбоко в земните недра. Той е на място, където никой човек не бива да се осмелява да отиде. Накратко, той не може да бъде достигнат".

„Но ние веднъж избягахме от мините - каза Рейки.

„Два пъти - каза Хадза.

„Той не е в мините, той е на друго място, по-надолу, не толкова надолу, колкото в пожарите, но на друго място, където е толкова студено, че всичко се превръща в лед, дори кръвта, която тече по вените. Място, където нито един човек не би могъл да оцелее!

„Ериел също е безсилен там, тъй като неговите са били лишени от власт. Той е под ключ, не вижда никого. Не чува нищо. Никога няма да му бъде позволено да излезе от това място - НИКОГА."

„Искам да говоря с него - каза Е-З. „Трябва да му задам въпроси - въпроси, на които само той може да отговори".

Рафаел и Офаниел изкрещяха: „Не можеш! Не трябва!"

„Тогава оттеглям подкрепата на моя екип. Моля, върнете ме в дома ми. Харуто и другите могат да се върнат при семействата си." Той спря да говори, когато в съзнанието му проблеснаха ПДЖ и Арден. Ако не направеше нищо, те щяха да останат в кома, може би завинаги.

Той си спомни за всички случаи, когато те му бяха помогнали. Първият му ден в училище, когато се върна в инвалидна количка. Времето, когато го въведоха отново в играта на бейзбол - бяха накарали всички момчета от отбора да излязат на игрището, за да го поздравят. Как му помогнаха да преживее всичко, когато родителите му починаха. По бузата му се стича сълза. Той я избърса.

„Вземете го!" - гръмна един глас в стената.

После изведнъж стана много, много студено. Толкова студено, че си представи, че наистина усеща как кръвта във вените му се превръща в лед.

ГЛАВА 14
ERIEL НА ЛЕДА

Съвсем сам. Толкова много сам. И толкова студено, толкова много студено. Сякаш се намираше в издълбано кубче лед. Когато вдишваше, ледът изпълваше дробовете му.

Стигна до ръба. Вдиша в него. Той се замъгли. Това не беше кубче лед, а стъклено кубче. И имаше дръжка. Изглеждаше сякаш е направена от медал. Страхувайки се, че кожата му ще залепне за нея, той използва ризата си и я отвори.

Това, което се намираше вътре, беше колекция от топли одеяла, пухени завивки, жилетки, шапки, ръкавици - всичко. Той посегна към тях и се наслои.

Докато вкарваше ръцете си в жилетката, умът му прелетя назад към времето, когато баща му носеше подобен пуловер по време на едно ски пътуване. Беше зелен като този и отвън се усещаше надраскан при допир, но отвътре беше топъл като препечен хляб. Когато го навлече около себе си и закопча предната част, дъбовият мирис на любимия лосион за бръснене на баща му изпълни ноздрите му. усети в него лосиона за бръснене на баща си. Силно чувство на дежа вю го завладя, когато сложи пръстите си в чифт черни кадифени ръкавици - ръкавици, за които се кълнеше, че са принадлежали на баща му. Те обаче не можеха да бъдат, тъй като всичко беше унищожено в пожара. Той уви ръце около себе си, опитвайки се да се стопли. Помисли си, че студът е завладял тялото и ума му.

Той избута някои други предмети и откри на дъното на кутията одеяло, което веднага разпозна. Ръчно изплетено, от майка му на дивана нощ след нощ и когато било завършено, заело мястото си - на облегалката на кожения диван. За филмовите вечери и за да покрие очите си, ако се случи нещо страшно.

Той свали ръкавиците и я докосна, за да види дали е истинска, а после я допря до бузата си. Цветният аромат на парфюма на майка му достигна до него, успокои го. Една сълза се стичаше по бузата му, докато той отново слагаше ръкавиците, след което уви одеялото на майка си около жилетката на баща си. Той носеше одеялото като качулка и се вглеждаше в обстановката.

Над главата му, но сочещи надолу с острите си шипове, имаше сталактити от лед във всякакви размери и форми. Ако някой от тях паднеше, те щяха да пробият върха на черепа му и да продължат през него чак до пръстите на краката му. Искаше му се да има строителна шапка -

БИНГО

И на главата му се появи жълта строителна шапка, после още една, и още една, и още една. Той се почувства като любопитния Джордж и се усмихна. Сега беше готов за всичко.

Търсеше врата, като си проправяше път покрай стените на куба. Не се виждаше дръжка. В какъв затвор го бяха хвърлили?

Най-накрая намери ръбове в центъра на дясната стена. Свали ръкавицата и с нокътя си одраска повърхността на нещо, което скоро откри, че е прозорец. Това, което видя, не го накара да се почувства по-малко тревожен. Неговият куб беше един от многото, които се простираха по протежение на тунела докъдето погледът стигаше. Зад остъклените прозорци на собствените им кубове не се виждаха никакви обитатели.

Той дишаше върху стъклото и написа думата „ПОМОЩ!", изписана наобратно, в случай че някой я види. После бързо я изтри, спомняйки си кого е дошъл да види: Ериел.

Е-3 се придвижи покрай предната част на куба, към далечната страна и отново намери рамка, за която беше сигурен, че е прозорец. Той изстърга повърхността и скоро откри този, когото търсеше: предателя.

Някога могъщият архангел изглеждаше жалък, сякаш някой го беше боднал с карфица и беше изпуснал целия въздух. Тялото му беше приковано към стената. Отначало Е-З си помисли, че го държи гравитацията или някаква невидима сила, но след това при по-внимателно вглеждане осъзна, че цялото тяло на Ериел се намира в дебел леден блок. Кубът на Ериел беше оформен по тялото му, затова ледената вода изпълваше всяко кътче от формата му и той, за разлика от Е-З, нямаше достъп до одеяла.

КЛАНК. КЛАНК. КЛАНК.

Е-З изви врата си наляво, когато чу звука от отзвучаващи стъпки. Усещаше, че нещото се приближава, но не можеше да го види.

КЛАНК. КЛАНК. КЛАНК.

Е-З поклати глава. Трябваше да се съсредоточи, да остане в момента, но въпреки това изпитваше поредното странно усещане за дежа вю.

Умът му се върна към съня, който беше сънувал преди време за рождения ден с Пи Джей и Арден. В този сън беше пристигнала фигура с качулка, която издаваше подобен звук. В съня ставаше дума за намиране на изчезнала бейзболна шапка.

Когато звукът стана оглушителен, той зърна фигурата, която беше воин, по-голям от живота с крила с размерите на два пълноценни клена.

В едната си ръка архангелът носеше златен щит, а в другата - меч. Е-3 закри очите си, когато светлината попадна върху корпуса на меча.

КЛАНК. КЛАНК. КЛАНК.

Архангелският воин спря пред Ериел, който не вдигна очи, за да срещне погледа на новодошлия.

Докато не спря, Е-3 не беше забелязал огромните крила на архангела, които, докато той вървеше, бяха в покой. Сега воинът се надигна, така че лицата му и на Ериел бяха на едно ниво.

„Имате посетител“, каза той.

Очите на Ериел останаха присвити.

„Очите ти не ме заблуждават“, каза воинът. „Ти си се засрамила. Засрамила си всички нас - и въпреки това не съжаляваш и не се разкайваш. Говори ми. Кажи ми защо изобщо трябва да ти позволя да имаш посетител.“

Ериел продължи да гледа пода, докато той мърмореше нещо нечленоразделно.

„Говори!“ - изиска воинът.

„Аз се разкайвам!“ Ериел изригна. „Разкайвам се, че не успях да...“

„Мълчи!“ - поиска воинът.

КЛАНК. КЛАНК. КЛАНК.

Сега воинът стоеше от другата страна на стъклото, лице в лице с Е-3.

„Аз съм Майкъл“, каза той.

„Здравей, аз съм Е-З." Той познаваше гласа на мъжа. Той беше този, който нареди на Рафаел и Офаниел да му позволят да говори с Ериел.

„Стани - каза Майкъл.

„Не мога да ходя", каза той.

„Можеш да ходиш, ако ти кажа - разкри Майкъл, - и аз го казвам. Стани Е-З Дикенс!"

Е-З се почувства като един от онези, които се готвят да бъдат излекувани на служба по телевизията. С неохота той се надигна от стола си. Краката му леко се подкосиха, най-вече от страх, отколкото от неверие. В края на краищата Михаил беше най-могъщият архангел. Секунди по-късно Е-З се изправи високо в ледената стена.

„Поискахте да разговаряте с онова нещо, онова паднало нещо там, на стената. Той няма да ти помогне, тъй като е прогнил до мозъка на костите си. И все пак той ТРЯБВА да ти помогне. Той ТРЯБВА да помогне на всички нас, за да се спаси от превръщането си в ледена скулптура - постоянна част от това място."

С всяка изречена дума гласът на Майкъл караше Е-З да се чувства по-силен и по-уверен.

Ериел вдигна очи.

За секунда Е-З съзря нещо там. Дали това беше поражение? Дали беше разкаяние?

Ериел затвори очи, докато тялото му се размърда в ледения затвор, който го държеше.

„Мисля, че е припаднал - каза Е-З.

КЛАНК. КЛАНК. КЛАНК.

Майкъл се върна, за да разгледа отблизо ледения си затвор. От върха на ботуша му се измъкна змия и започна да пълзи към лицето на Ериел. Нещото се плъзгаше нагоре, нагоре, като раздвоеният му език се движеше напред-назад, сякаш беше гладно за кръв.

Майкъл каза: - Тялото на моя приятел си проправя път към лицето ти, Ериел. Няма ли да отвориш очи и да кажеш „здравей"?

Ериел наистина отвори очи и като видя змията, която си проправяше път нагоре по тялото му, нададе писък.

Майкъл щракна с пръсти и змията спря да се движи. С помощта на нокътя си Майкъл остърга леда. В него тялото на Ериел вибрираше. Сякаш го удряше ток.

„МММММ,ххххх,МММММ!"

„Спри!" Е-З извика, покривайки ушите си. „Моля те!"

Майкъл престана да драска. Той вдигна ръката си, а змията се уви и се плъзна обратно към вътрешността на ботуша му.

„Това момче ти показва милост, Ериел. Това е повече, отколкото заслужаваш."

Ериел продължи да стене отчаяно.

Майкъл продължи, обръщайки се към Е-З: „Ще ви дам пет минути, за да зададете на Ериел всички въпроси, които може да имате".

След това към Ериел: „Можем да те принудим да говориш с него, но бих предпочел, ако решиш да му помогнеш по собствена воля. Някога вие избрахте да спасите живота на това младо момче. Той на свой ред изплати дълга си. Сега ти ни предаде и трябва отново да спечелиш доверието ни".

Майкъл вдигна крака си и ритна леденината структура, в която беше затворен Ериел. Тя се разтресе, но не се напука и не се раздроби.

„Ти ме отвращаваш! Очакваш това човешко момче да поправи грешките ти. Всъщност да поправи грешките ви. И все пак той иска да ти даде възможност да отговориш на въпросите му. Затова му помогни. Това е единственият ти шанс, единствената ти възможност да ни докажеш, че в теб все още има нещо, което си струва да бъде спасено. Някаква част от теб, която все още не се е превърнала в гнилота до самата си сърцевина."

Ериел вдигна очи: „Господарю." Той отново ги спусна.

„Може да ти бъде простено, но ако решиш да не му помогнеш - липсата ти на съдействие ще бъде надлежно отбелязана."

Очите на Ериел останаха насочени към пода.

„Разбираш ли?" Майкъл попита. Когато Ериел не отговори, гласът на Майкъл гръмна: „РАЗБИРАТЕ ЛИ?"

На Е-З. му се стори, че ледът около него се разтресе и потрепери при самия звук на гласа на Майкъл, и той отново благодари за всички шлемове, които защитаваха черепа му. Надяваше се те да са достатъчни, защото в противен случай щеше да бъде погребан на това място с Ериел и Майкъл завинаги и никога повече нямаше да види чичо Сам, нито приятелите си.

Ериел кимна.

„Пет минути - каза Майкъл.

КЛАНК. КЛАНК. КЛАНК.

И той изчезна.

Двамата с Ериел останаха сами.

Е-З се приближи до Ериел и попита: „Как да победим Фуриите?"

Ериел отвори уста да говори, но не каза нищо. Той затвори очи.

„Моля те", помоли Е-З. „Моля те, помогни ни."

КЛАНК. КЛАНК. КЛАНК.

Майкъл вече се беше върнал. Не можеше да минат и пет минути - още не. Той не беше научил нищо, изобщо нищо от Ериел.

Ериел със стиснати зъби и тракане прошепна три думи: „Използвай очилата на Рафаел."

„Какво?" Е-З изкрещя, удряйки с юмруци по ледената стена. „Как?"

Следващото нещо, което си помисли, беше, че отново се намира на вратата на кухнята. Вече не носеше дрехите на родителите си, но комбинираните миризми на лосиона за бръснене на баща му и парфюма на майка му се задържаха. Той се прегърна и слушаше как Чарлз обяснява поуката от историята си.

„Моралът на моята история", каза Чарлз, "е, че всичко е по-хубаво, когато имаш приятели, с които да го споделиш."

„О" - каза Е-З, когато Саманта обяви, че закуската е сервирана.

„Подредете се тук. Вземете си чиния, салфетка и прибори за хранене. Обслужвайте се сами - каза тя. „Това е шведска маса."

Собо каза: „Сумогасубодо!" на Харуто, който изпищя от удоволствие.

„Направих малко суши - каза Саманта. „Това беше първият ми път."

Собо кимна: „Благодаря, но следващия път нека ти помогна."

Саманта кимна: „Би било чудесно."

Е-З премести стола си напред.

Чичо Сам прошепна, вървейки редом с него: „Къде отиде? Искам да кажа, че ти беше там и столът ти беше там, но ти беше и някъде другаде, нали?"

„Е, да, ще ти обясня по-късно. Имам нужда от време, за да преработя всичко, което се случи.

Дайте ми няколко минути. А и между другото, благодаря.“

„За какво?“ Сам попита.

„За закуската, беше като в старите времена. Забавно.“

„Нека се уверим, че ще го направим отново скоро.“

„Определено“, каза той, докато се отправяше към стаята си.

ГЛАВА 15
СЛАДЪК ДОМ

Сега, когато бяха съвсем сами, им беше приятно да знаят, че Ериел вече не представлява физическа заплаха за тях. Той беше обезсилен благодарение на Майкъл, но едва след като беше предал всички.

Ериел беше отишъл твърде далеч, но защо? Защо би предал собствения си вид? Знаейки добре, че Майкъл е по-силен от него. Нямаше смисъл.

поп.

поп.

„Добре дошли у дома!" - каза той.

Хадза и Рейки се приземиха пред него на леглото: „Благодаря ти, Е-З. Винаги се отнасяш с нас любезно."

„Съжалявам, че Ериел беше толкова ужасен с теб. Добре е, че сега е затворен. Това е, което заслужава."

„Какво мислиш за тях?" Хадз попита.

„Не съм сигурен какво имаш предвид."

„Изпратихме сандъка."

„О, може би не се е получило" - каза Рейки.

„Това бяхте вие?" Очите на И-3 се насълзиха.

„Радвам се, че е пристигнал благополучно", каза Хадз, когато усмивките на двойката желаещи да бъдат ангели се разтеглиха по лицата им по такъв начин, че сякаш останалите им черти бяха намалели.

„Много ви благодаря. Мислех, че всичко, принадлежало на родителите ми, е унищожено в пожара." Той си пое дълбоко дъх, борейки се със сълзите. „Иска ми се само да можех да го донеса тук със себе си. Макар че за мен беше много важно да го имам дори само за..."

ЗАП.

„Всичко, което трябваше да направиш, беше да кажеш думата. В края на краищата те са твои", казаха те.

Тя беше там, в края на леглото му. Кутията на родителите му, или както те я наричаха - кутията с одеялата. В нея имаше съкровища, които беше претърсил като дете. А сега бяха негови. Осезаем сандък със съкровища, изпълнен със спомени за родителите му.

„Но как?" - попита той.

„Успяхме да спасим няколко неща, като се отбивахме и излизахме, когато къщата гореше", каза Хадз.

„Решихме да ги запазим за теб, докато не станеш готов да си ги върнеш. Надяваме се, че моментът е бил подходящ."

Той се придвижи като в сън към сандъка и отвори капака. Полъхът на мускусно-дървесния афтършейв на баща му, примесен със сладникаво-цитрусовия парфюм на майка му, го посрещна като прегръдка. Внимавайки да не изпусне всичко наведнъж, той внимателно затвори капака.

„Не мога да ви благодаря достатъчно. Никога няма да мога да ви се отблагодаря. Ще премина през всичко, друг път. Още веднъж, много ви благодаря и на двамата." Той протегна ръце и двамата желаещи да станат ангели полетяха в тях.

„Той става прекалено сополив - каза Хадз.

„Някой да ти е казвал; имаш нужда от подстригване?" "Имам. Рейки попита.

Е-Зи разроши косата си с пръсти и потупа средната част, която поради пребиваването в студените недра на земята стоеше като косъмчета в четка. „По-добре?"

„Малко - каза Хадз.

„Добре, трябва да се съсредоточа. Останалите скоро ще дойдат тук, за да получат актуална информация за ситуацията с Ериел. Трябва да им кажа за Майкъл. Мислиш ли, че ще се впечатлят, че съм го срещнал?"

„Няма значение дали са впечатлени", каза Хадз. „Важното е дали Ериел ти е казал нещо стойностно?"

„Да, но все още се опитвам да разбера какво имаше предвид."

„Разкажи ни, може би ще успеем да разгадаем загадката!"

„Какво имаше предвид?" Алфред попита, докато пъхаше клюна си в стаята.

„Влезте", каза Е-З.

Алфред влезе. Беше сезонът на линеенето и няколко пера потрепнаха зад него. „Здравей, Хадз, здравей, Рейки."

„Здравейте", отговориха те.

„Дълга история, но за да преминем направо към същността, бях извикан обратно в силоза, където Рафаел и Офиел ме осведомиха за ситуацията около Ериел. Той е работил на всички страни. Преструва се, че е съюзник на нас, на архангелите и на Фуриите. Не се притеснявайте, предателството му беше разкрито и той беше заловен и затворен. Той е под охраната на главния архангел Михаил, който ми позволи да говоря с Ериел за кратко".

„И какво каза Ериел?" Алфред попита.

„Имах време да му задам само един въпрос. Затова го попитах как можем да победим Фуриите.

Ето защо дойдох тук, за да помисля върху това, което каза.“

„А, значи искахте да останете сам?“ Алфред попита. „Хайде, Хадз и Рейки, да дадем на Е-то малко спокойствие“. Той тръгна към вратата, но те останаха на мястото си.

„Решен проблем е споделен проблем“ - запяха те.

„Вярно. И това беше поуката от историята на Чарлз.“

„Добре, съберете се.“ Той направи пауза, след което каза: „Ериел каза, че трябва да използваме очилата на Рафаел.“

„Точно така, това е всичко?“ Алфред каза. „Разбирам защо не си сигурен какво е имал предвид. Той е много неясен.“

„Знам. А и не каза как да ги използваме.“

Хадза се наведе и прошепна нещо на Рейки.

ПОП.

ПОП

И те изчезнаха.

„Може би трябва да започнем отначало. Разкажи ми какво точно ти каза Ериел.“

„Вече го направих. Каза да използвам очилата на Рафаел. Това беше всичко. Майкъл ни беше наредил на часовник. Отначало си помислих, че Ериел няма да каже и дума. Той каза тези три думи и времето изтече. Следващото нещо, което си помислих, беше, че отново съм тук“.

Алфред се заразхожда и забеляза кутията с одеяла в края на леглото. „Какво е това тогава?“

„Принадлежеше на родителите ми“, каза Е-З, борейки се с риданията. „Хадз и Рейки я спасиха от пожара. Току-що ми казаха, че са го спасили заради мен - дори са изложили живота си на риск“.

„Това беше толкова - просълзи се той, - грижовно от тяхна страна. Ти премина ли вече през него?“

„Не, но ще го направя.“

„Какъв беше Майкъл?“

„Той много се клатушкаше, когато ходеше. Напомни ми за съня, който имах за Пи Джей, Арден и гилотината“.

„О, спомням си, че ни разказа за този сън. Беше ли толкова страшен като палача?“

„Майкъл беше много разгневен и с право. Ериел го предаде, всички архангели и нас. Това, което не разбирам, беше какво би могло да си заслужава такъв риск?“ “Не, не.

„Властта - някои хора биха направили всичко, за да я получат. Но това, което трябва да разберем, е как да използваме очилата на Рафаел, за да спрем плана, който Ериел и Фуриите са задействали.“

Е-З ги свали от лицето си. Когато ги носеше, кръвта не пулсираше и не се движеше в рамките, както правеше, когато ги носеше Рафаел. Върху него те бяха като всички останали очила.

„Заповядай на очилата да направят нещо - предложи Алфред.

„Очилата изчезват" - заповяда Е-З.

Той ги пусна и те се приземиха на пода.

Е-З въздъхна. Две глави определено не бяха по-добри от една в този случай. Той се засмя.

„Хубаво беше да видя Хадза и Рейки отново. Дали ще останат тук? Искам да кажа, да ни помагат?"

„Да, но напоследък са преминали през много неща и може би страдат от посттравматичен стрес - това е посттравматично стресово разстройство".

„Да, знам. Какво се случи?"

„Случи се Ериел, ето какво. По всичко личи, че е сеел хаос и разруха на Земята и навсякъде другаде". Е-З направи пауза. „Ами ако използвам очилата, за да променя формата си?"

„И какво да направя?"

„Ако мога да променя формата си, бих могъл да посетя Фуриите като Ериел".

„Това би сработило само ако не знаят, че е бил хванат", каза Алфред.

„Да, но ако не знаеха. Помисли си за щетите, които бих могъл да нанеса. Мога да вляза там. Ще си помислят, че съм на тяхна страна. А аз бих могъл да се обърна срещу тях. БАМ, бих могъл да ги изхвърля от парка!"

ПОП.

ПОП.

„Би било твърде опасно!" Хадз изкрещя.

„Твърде опасно!" Рейки повтори.

„Освен това имаме друга идея."

„Кажи ни", каза Е-З.

„Пресъздали са Бялата стая, затова се върнахме там, за да видим дали има книги за очилата на Рафаел".

„И? Имаше ли книга?"

„Не" - каза Хадз.

„Но пък намерихме това", каза Рейки.

Беше малка книжка, с размерите на края на показалеца на Е-Зи. Заглавието на гръбчето гласеше: *Първата книга на Енох на Рафаел.*

Хадз и Рейки прелистваха страниците, тъй като книгата беше с идеален размер, за да я държат заедно.

„Тук пише - прочете Хадз на глас, - че целта на Рафаил е била да излекува земята, която падналите ангели са осквернили."

„Помниш ли, че Рафаел каза, че мога да я призова само когато краят е близо? Може би и очилата ще ми разкрият силите си само когато са необходими".

„Точно така" - съгласиха се Хадза и Рейки.

„Мисля, че се нуждаем от мозъчна атака с останалите, но идеята ти да промениш външния си вид с този на Ериел е добра" - каза Алфред. „Само ще трябва да измислим как да те подкрепяме, когато го правиш - за да те пазим."

„Това е лоша идея", каза Хадз.

„Много лоша идея!" Рейки каза.

„Как така?" Алфред се запита.

„Първо, ти не знаеш какво знаят Фуриите.“

„Или не знаят.“

„Второ, това може да е капан.“

„Капан, организиран от Ериел и Фуриите.“

„Трето, и най-важното от всичко...“

„Ериел се страхува от Майкъл.“

В един глас те казаха: „Очилата на Рафаел трябва да държат ключа към всичко. Ериел търси прошка и изкупление от Михаил и другите архангели. Това е единствената му надежда. Вие сте единствената му надежда. Затова вярваме, че той ви е казал истината“.

„Но какво ще стане, ако Фуриите не знаят за - положението на Ериел? Докато те са в неведение, ние имаме предимство тук - каза Алфред.

„Съгласен съм - каза Е-З.

Лия пъхна глава в стаята, последвана от останалите от бандата. „Какво става?“ - попита тя.

„Влезте и аз ще ви обясня. А и затвори вратата след себе си.“

„Звучи съмнително“, каза Лия. Тя забеляза Хадза и Рейки и им махна с ръка. После затвори вратата зад тях и я заключи.

ГЛАВА 16

КАКВО ДА ПРАВИМ?

Седнете, настанете се удобно - каза той, докато всички се скупчваха на леглото му. „Първо, за тези, които все още не са се запознали с тях - това е Хадз, а това е Рейки. Те са приятели и желаещи да бъдат ангели. Назначени са, за да ни помагат".

Харуто се поклони, а Лачи каза: „Добър ден!" Чарлз и Бренди им стиснаха ръцете.

След като всички бяха официално представени, екипът седна покрай леглото. Е-Зи си помисли, че приличат на пътници, които чакат автобус.

„Всички сме тук, за да победим „Фуриите". Но има една актуална информация, която трябва да вземем предвид. Преди да продължим напред."

„Какво имаш предвид?" Лия попита. „Предполагаш ли, че можем да се откажем?"

Е-З прочисти гърлото си.

„Най-добре ще е, ако ме оставите да ви разкажа всичко, а след това ще можете да задавате въпроси. Вероятно трябваше да започна с това. Но все още обработвам всичко сам." Той се поколеба. „Искам да кажа, че ми дайте малко свобода тук, тъй като ситуацията е сложна, а още по-трудно е да я обясня."

Всички кимнаха, така че той продължи.

„Ериел е задържана от архангелите. Той ги е предал и е предал нас. Той вече не е заплаха за нас, но е компрометирал мисията ни. Проблемът е, че не знаем колко. Но знаем повече за намеренията му - да придобие контрол над Земята с всички възможни средства. Да се изправиш срещу архангелите, за да го направиш, това е било поемане на някакъв риск - дори когато е имал Фуриите на своя страна."

Чуваемото въздишане на всички го накара да направи пауза за момент или два, преди да продължи.

„Архангелите му обърнаха гръб. Срещнах Майкъл, който ръководи архангелите, и той беше отвратен от Ериел. А Ериел се страхуваше от него."

Още звучни въздишки.

„Нашият план А беше да хванем Фуриите в капана на игровата среда. Ериел беше наясно с този план. Всъщност той ни насърчи да продължим с него. Така че трябва да преминем към план Б. Самият факт, че той е знаел за план А, е достатъчен, за да го отхвърлим."

Още въздишки и едно „О, не!"

„И така, план Б. Знам, че си мислите очевидното: т.е. нямаме план Б. Е, нямахме. Но сега имаме. Ще ви шокира ли, ако разберете, че нашият План Б е излязъл от устата на нашия предател?"

Всички кимнаха.

„Както вече казах, срещнах се с Майкъл. Той беше този, който предложи на Ериел, че може да му бъде оказана снизходителност, ако и само ако ни помогне.

„Майкъл ни даде само пет минути заедно. И през по-голямата част от това време Ериел не каза нищо. След това, точно когато то изтичаше, той каза три думи: „Използвайте очилата на Рафаел" - това беше всичко. Някъде по-късно си спомних, че Рафаел беше казал, че Чарлз може да бъде нашето тайно оръжие, така че с очилата може да имаме две оръжия, за които те не знаят."

Чарлз се задъха.

Е-3 призна на Чарлз с кимване.

„Но преди да стесним кръга и да направим мозъчна атака, трябва да погледнем голямата картина тук и да решим дали това е нашата битка. Дали това е нещо, в което все още искаме да участваме като екип.

„Благодарение на Ериел днес съм жив. Той ме спаси, а после каза, че съм длъжен на него и на другите архангели. За да изплатя този дълг, завърших няколко изпитания. Алфред и Лия се появиха и заедно създадохме „Тримата". А после се разделихме по тяхна молба.

„Създадохме собствен уебсайт за супергерои и помагахме на хората. Докато архангелите не поискаха помощта ни да победим пиратите от „Ловец на души". С времето научихме кои са те: Фуриите, могъщи и зли гръцки богини, които се бяха завърнали.

„Хадзъ и Рейки ме взеха на разузнаване, за да ми покажат централата им в Долината на смъртта. Там лично видях складирането на контейнери, пълни с душите на деца. По-късно Пи Джей и Арден бяха взети от нас. Състоянието им не се е променило. И благодарение на Рафаел видяхме отблизо работата на тези гадни богини.

„Фуриите са достойни противници. Ако се бием с тях, можем да умрем. Това, разбира се, не е най-новата информация, но струва ли си да рискуваме живота си, след като Ериел ни предаде?

„Като вземем всичко предвид и най-вече това, че имаме две тайни оръжия на наша страна. Макар и оръжия, които не знаем как можем да използваме. Може би сме в добра ситуация да спечелим тази битка. Това е така, ако се държим заедно и ако си пазим гърба един на друг. Ако сме готови да заложим живота си в името на по-голямото добро.

За доброто на Земята, за спасяването на Земята. Какво ще кажете?"

В следващия момент всички - с изключение на Алфред - подскачаха на леглото и казваха: „Един за всички и всички за един!"

Е-3 вдигна ръка. "

„Всички, които са за борба с Фуриите, казват: „Да"."

Решението беше единодушно.

Собо почука на вратата и попита: „Може би и аз мога да помогна".

ГЛАВА 17

ПОПИТАЙТЕ ЧАРЛС ДИКЕНС (CHARLES DICKENS)

Бранди се изсмя звучно, като накара всички в стаята да погледнат в нейна посока. Сега, след като беше привлякла вниманието на всички, тя попита: „И как ти, една възрастна гражданка, ще помогнеш на нашия отбор от супергерои деца да победи трите могъщи зли богини?"

В стаята се разнесе въздишка, която накара Харуто бързо да се премести встрани от своя Собо. Той хвана ръката ѝ и я притисна до сърцето си.

Собо, която не се стресна от невежеството на Бранди, прошепна успокояващи думи на японски на внука си.

„Извини се - изиска Е-З.

„Всичко е наред - каза Собо. „Тя е права, може да не съм супергерой като всички вас, но всеки в този живот има какво да даде".

„Съжалявам, Собо", каза Бранди. Тя не спря дотук. „Исках да кажа, че..."

„Замълчи!" Лия възкликна. „Влезте, Собо."

„Можем да използваме всяка помощ, която можем да получим" - каза Е-З.

Чарлз се изправи и предложи мястото си на Собо и Харуто.

„Благодаря", каза Собо и двамата с внука ѝ седнаха един до друг, без да говорят няколко мига.

„Чувстваш ли се достатъчно добре?" Харуто попита.

„Да, малчугане - каза Собо. „Аз също имам суперсила. Тази суперсила се нарича трансформация. Живял съм много животи и съм играл много роли... с всеки живот научавам нещо ново. Отворен съм за учене, това е смисълът на живота. Предлагам живота си; бих направил всичко, за да ви спася. Всички вие."

„Дори мен?" Бранди попита.

Собо се засмя. „Особено теб, дете."

Бранди прекоси стаята и се хвърли с ръце около врата на Собо. „Благодаря ти. Но защо специално на мен?"

Харуто се изправи и с ръце на хълбоците възкликна: „Защото ти си луда!".

Всички се разсмяха, включително и Бранди.

Собо каза: „Защото си безстрашен. Да, да си безстрашен е силна емоция, но трябва да се научиш на търпение. Нужни са ти и двете, за да оцелееш в този свят. С двете ще станеш още по-голяма сила, с която трябва да се съобразяваш. Животът се състои в това да се променяш, ти самият отвътре навън, отвън навътре. Научете. Растете. Трябва да бъдем като дърветата, да се променяме заедно със сезоните, да се огъваме от вятъра".

„Толкова е красиво - каза Чарлз.

„Но светът е изпълнен и с добро, и със зло - каза Собо. „Трябва да е така. Едното трябва да съществува, за да може да съществува другото. И ние, ти, аз и всички тук, трябва да се борим само на страната на доброто. В този свят може да има само един победител. Този победител трябва да е за доброто на цялото човечество."

Собо спря да говори. Докато си поемаше дъх, останалите останаха мълчаливи в очакване тя да продължи.

„Причината, поради която съм тук - продължи Собо, - е да поднеса поздрави от Розали."

„Ти и Розали, Собо, но как?“ Лия попита.

„Розали дойде при мен насън. Откъде разбрах, че е тя? Защото тя ми го каза. Сънищата са мощни обединители. Духовете прекосяват световете и се смесват с нас, за да бъдат с нас или за да ни кажат неща, които не знаем, като предупреждения, предчувствия. Розали искаше да ни помогне в битката, да се борим и да победим“.

„Да“, каза Е-З. „Често сънувам родителите си. Понякога те ми разкриват неща или ми казват неща, за които не биха могли да знаят. Освен ако не са споделяли живота ми с мен“.

„Да, любовта е мощна емоция, която няма граници. Тези, които обичаш, ще те търсят, ще те намерят, ще ти помогнат дори в най-мрачните моменти.“

„Тя - попита Лия - щастлива ли е?“

Собо се усмихна. „Щастието не е всичко. Нека само ти кажа, че тя е себе си. Това е всичко, което наистина трябва да знаеш. И като себе си, като съд, който се бори на страната само на доброто също, тя вярва във вас, господин Чарлз Дикенс. Вие сте нашата сила.“

„Аз?“ Чарлз попита.

„Да, Чарлз. Заведете ни в библиотеката. Библиотеката в облаците.“

„Никога не съм чувал за нея. Не мога да ви заведа там. Сигурно ме е объркала с някой от другите.“

„Каква библиотека?“ Бранди попита.

„И защо е в облаците?“ Лия се запита.

„Бил съм там“, каза Собо. „Тя е много стара и е защитена... само тези, които знаят, знаят.“

„Аз не съм от тях - каза Чарлз.

„Просто имаш нужда от малко помощ“, каза Собо. „Дай му очилата на Рафаел и тогава той ще бъде в течение на това, което знае.“

„Чакай малко“, каза Е-З. „Как стигнахте дотам?“

„Не ми ли вярваш?“ Собо се усмихна. „Розали ме заведе там в съня... тя е дух... и ме поведе като ходещ насън“.

„Сигурен ли си, че това не беше спомен, който тя споделяше за Бялата стая?“

„Със сигурност не. Откъде знам това?“ Собо попита. „Защото Розали ми каза, че никога не е искала да се връща на мястото, където е била убита от онези жестоки сестри“.

„Това е логично, но все пак нещо, което Рафаел каза, че никога няма да предаде очилата - на никого - ме кара да се притеснявам да не тръгна срещу желанието й.“

„Ами ако Розали не е от тези, които знаят?“ Собо попита. „Трябва ли да пропуснем тази възможност да увеличим шансовете си да победим Фуриите, като отхвърлим последната информация от Розали - доверен приятел и довереник?“

„Първо ми кажи - каза Е-З, - какво беше това?“

Собо затвори очи. „Представете си времето, в което пускате горещата вода само в душа или ваната, без вентилатор и без отворен прозорец. Излизали сте от стаята, за да вземете нещо, и сте затваряли вратата. Когато по-късно я отворихте, помещението беше изпълнено с пара и когато влязохте, не можехте да видите нищо - в началото. Но очите ви се приспособиха и след това видяхте всичко. Същото се случи и с мен, когато за първи път влязох в Библиотеката на облаците".

Тя отвори очи. „Представете си вътрешността на облака, където съществуваха книгите. Всяка една книга, написана, издадена - всичко това е там, пред теб. На разположение за четене, за вземане, за учене. Ето какво беше положението в Библиотеката на Облака. И всички ние трябва да отидем и да го видим сами, сега. Днес."

„Звучи вълшебно - каза Чарлз. „Искам да отида. Искам да ви заведа всички там."

„Звучи прекалено хубаво, за да е истина", каза Бранди.

Собо се усмихна.

Е-З се поколеба, преди да свали очилата и да ги подаде на Чарлз.

„Е-З - каза Собо, - Розали ми каза, че изключението от правилото на Рафаел е Чарлз. Помниш ли? И тя беше тази, която разкри, че Чарлз е нашето тайно оръжие".

Е-З кимна и подаде очилата на Чарлз.

Без да се колебае, Чарлз ги сложи. Докато ги прибираше зад ушите си, цветовете на рамките пулсираха във всички познати на човека цветове. Всички цветове с изключение на червеното. Когато очилата се установиха в зеления нюанс на тревата, вратът на Чарлз се изкриви наляво надясно наляво надясно наляво. Той се изправи и се загледа напред.

„Готов съм - каза той. „Хванете се за ръце, така че всички да сме свързани, и аз ще ви заведа там".

„Изчакайте ни!" Хадз и Рейки извикаха, като скочиха на раменете на Е'З и се държаха за живота си. Миг по-късно и никой не беше отишъл никъде.

ГЛАВА 18

КАКВО СЕ Е ОБЪРКАЛО?

Не **разбирам** - каза Чарлз. „Мога да го видя в съзнанието си. Може би ми трябват инструкции или някакви магически думи. Розали каза ли ти нещо специално, което трябва да направя, освен да сложа очилата на Собо?" Чарлз попита.

Собо поклати глава. „Опитай нещо различно."

„Заведи ни в Облачната стая!" - поиска той.

Този път като група всички се размърдаха, сякаш някой беше отворил прозорец.

„Затворете очи - каза Чарлз. „Всички са готови?" Всички кимнаха. Той затвори очи, докато групата супергерои плюс Собо се фрагментираха.

„Нещо се усеща, различно", каза Лачи и отвори очи. „Чувствам се различно."

Е-3 също се почувства странно, когато отвори очи. Хадз и Рейки вече хъркаха. Изглеждаше странно време да подремнат. И какво друго беше различно? Очилата на Рафаел бяха без цвят. Защо? Никога досега не се беше случвало. И какво още? Алфред - къде, по дяволите, беше Алфред?

„Алфред? Къде си?"

Лия се разплака.

„Защо плачеш?" Е-З попита.

„Защото не мога да видя нищо, не и с ръцете си. Вече не."

„Чарлз. Очилата", каза Бранди.

„А какво ще кажеш за тях?" Той ги махна.

Те запушиха ушите си, докато Собо отметна глава назад и завика като банши, докато тихата оркестрова музика не надви виковете ѝ и всички заспаха.

$$\text{✱✱✱}$$

Сега, когато близнаците спяха, Саманта и Сам се интересуваха как е протекла срещата в стаята Е-3. Когато пристигнаха, вратата беше заключена и никой не отговори, когато почукаха.

„Това е странно - каза Сам. „Е-3 никога не заключва вратата.

„Вземете ключа - каза Саманта.

Сам имаше лошо предчувствие, докато вкарваше ключа в ключалката.

Сам и Саманта гледаха как Собо, Бранди, Лия, Лачи, Харуто, Чарлз и Е-3 гледат напред като манекени на витрина.

„Едва дишат - каза Сам.

„А къде е Алфред?“

„И защо Чарлз носи очилата на Рафаел?“

„Страх ме е“, каза Саманта и взе ръката на съпруга си в своята.

„Не мисля, че трябва да безпокоим нещо тук“, каза Сам. „Имам чувството, че се случва нещо, за което не знаем.“

„Страшно е.“

„Какво е това?“ Сам попита, като забеляза кутията в края на леглото на Е-З. „Не ми се вярва! Не може да е така.“ Той се наведе и вдигна капака на сандъка, който беше виждал много пъти в стаята на брат си. Сандъкът, който смяташе, че е бил унищожен в пожара. Както се беше случило с Е-З, спомените, създадени от ароматите вътре, се надигнаха и той беше залят от емоции.

„Да се махаме оттук - каза Саманта. „Можеш да ми разкажеш повече за сандъка навън.“

„Нека му дадем малко време. Те скоро ще се събудят и...“

„Не мисля, че имаме друг избор“, каза Саманта, докато затваряха вратата след себе си.

ГЛАВА 19
CLOUD СТАЯ

Чарлзпостоя за миг и се вгледа в обстановката. Дали ги е довел на грешното място? Той и останалите (които спяха) се намираха високо в небето, без нито един облак. Бяха се приземили в средата на стъклена платформа. Нямаше представа как се е държала. Забеляза, че инвалидната количка на Е-3 се търкаля напред, затова се втурна към него и го събуди.

„Къде сме?" - попита той, мятайки Хадза и Рейки, които все още бяха на раменете му и спяха непробудно.

„Събуди се! Събуди се!" Чарлз заповяда.

Един по един те отвориха очи, после осъзнаха колко високо са, вкопчиха се един в друг, опитвайки се да не помръднат. Опитваха се да не гледат надолу през стъклото, което ги спираше да не се сринат на земята.

„Искаше ми се това нещо да има парапет!“ Лия възкликна. Вече виждаше всичко, но част от нея искаше да не вижда.

„Какво го държи нагоре, това не мога да разбера“, каза Чарлз.

„Никога не съм била б-голям фен на височините“ - каза Бранди, като хвана най-близката свободна ръка до своята, която принадлежеше на Чарлз.

„О - каза той, усещайки колко студена е ръката ѝ.

„Ще летя там и ще погледна“ - каза Е-З и излетя, движейки се около платформата, която сякаш беше израснала от въздуха, без нищо да я държи и без никаква котва, която да я държи на място.

Харуто се държеше за ръката на баба си. Тя се събуждаше по-бавно от останалите. Когато изглеждаше напълно будна, тя каза само „О, не“. Отново и отново.

„Това не е Облачната стая, в която те заведе Розали, нали?“ Чарлз попита.

Собо направи една крачка, две крачки, а децата се вкопчиха в нея. Тя затвори очи, стисна ги плътно, после отново ги отвори.

„Какво правиш?“ Бранди попита.

„Търся книгите“, каза Собо. „Ако това е мястото, тогава би трябвало да има книги. Много книги. Не мога да видя нито една. Нито една.“

Е-З, който все още проучваше структурата на платформата, попита: „Има ли усещане, че сме на правилното място? Възможно ли е книгите да са замаскирани? Може ли някой да ги види?"

Всички поклатиха глави в знак на „не", дори Хадза и Рейки, които до този момент не бяха произнесли нито една дума помежду си.

„Имам лошо, лошо предчувствие за това място" - изпяха Хадз и Рейки в един глас.

Чарлз се поколеба, преди да проговори. „Видях една библиотека в главата си, когато сложих очилата, и тя беше такава, каквато ни я описа Собо. Нямаше стъклена платформа. Това място не е такова, каквото си го представях. Отначало си помислих, че очилата са допуснали грешка, но сега, ако Хадза и Рейки имат лошо предчувствие, а и Собо, мисля, че е така." Собо кимна и той забеляза, че тя трепери. „Мисля, че трябва да се махнем оттук - и то бързо."

Е-3 забеляза, че Алфред липсва. „Някой знае ли какво се е случило с Алфред? Когато дойдохме тук, всички бяхме свързани чрез докосване. Как е могъл да се привърже?" Сега той забеляза, че Хадз и Рейки изглеждаха извън себе си. Почти като че ли бяха дрогирани, тъй като очите им се отдръпнаха назад в главите и им беше трудно да останат будни.

„Лебедите нямат пръсти, които да докосват" - запяха в унисон двамата желаещи да бъдат ангели. Те избухнаха в смях и се завъртяха в кръг, докато не се замаяха твърде много, за да останат на повърхността, и паднаха на стъкления под с ПЛАК.

„Добре, Чарлз, това е достатъчно доказателство за мен. Върни ни обратно вкъщи - сега.“

Чарлз, който беше свалил очилата на Рафаел, сега ги сложи отново с намерението да изпълни заповедта на E-Z, възкликна: „О, ето ги!“

„Вече виждаш книгите?“ Попита Собо.

„Не можех, когато пристигнахме за първи път, но сега вече мога. Какво да правя сега?“

„Няма смисъл - каза Собо, - защо ще бъдат замаскирани за теб, а после ще се разкрият? Розали не е споменавала тези неща.“

„Мисля, че въздухът тук горе влияе на мозъците ни“, каза E-Z. „Започвам да се чувствам извън себе си, замаян. По-добре да се махнем оттук, и то незабавно, иначе ще се озовем с лице надолу на платформата като Хадза и Рейки.“

Чарлз протегна ръка и в нея полетя книга, която той пъхна в ризата си. „Върнете ни обратно!“ - извика той. Както и първия път, когато опитаха, нищо не се случи.

„Може би трябва да се хванем за ръце“ - каза Собо. „И да затворим очи отново.“

Те направиха и двете и веднага огромни пориви на вятъра започнаха да ги разнасят по платформата. Те се сгушиха като футболен отбор преди голямото разиграване и се вкопчиха един в друг. Бутаха краката си върху платформата с надеждата, че няма да отлетят.

Е-3 размърда мозъка си, опитвайки се да измисли изход. Дали единственият начин беше да използва единствения и неповторим шанс да призове Рафаел да се притече на помощ? Той погледна към Чарлз, който сякаш избледняваше и изчезваше. „Чарлз!" - изкрещя той и тогава забеляза над рамото си, че към тях бързо се приближават Бейби, Малката Дорит и Алфред.

Алфред изкрещя: „Трябва да те измъкнем оттук - сега. Това място е като фар, който те осветява, за да те види целият свят, включително и Фуриите!"

Собо се просълзи: „Не знаех, че са използвали Розали като капан."

„Чарлз наистина е видял книгите и дори е получил една от тях. Нека се приберем на безопасно място. Никой не е виновен за това. Всичките ви намерения са били добри", каза Е-3.

„Благодаря - каза Собо, докато започна да избледнява и да изчезва, както Чарлз. Бранди хвана ръката ѝ и я държеше здраво, докато Собо вече не избледняваше.

Алфред каза: „Хайде!"

Лачи скочи на гърба на Боби, като издърпа трепереящия Чарлз на борда със себе си, и полетяха. В ризата му книгата, която държеше там, се разшири и две от копчетата на ризата му се отлетяха. С едната си ръка той държеше здраво книгата, а с другата - Лачи, докато Бейби увеличаваше скоростта.

Малката Дорит се поклони, без да докосва платформата, за да могат останалите да се качат на борда, а Е-З грабна Хадза и Рейки. Отлетяха, като Алфред и Е-Зи летяха един до друг, докато небето се променяше от синьо към черно, от черно към синьо, към черно и се появиха звезди, но не бяха звезди. Те бяха очни ябълки. Очи, изстрелващи Бугер, като онези, които беше срещнал в Долината на смъртта, когато за първи път се сблъска с Фуриите.

ПЛЮСКАНЕ. СПЛАТ. СПЛАТ.

СПЛАТ. СПЛАТ. SPLAT. SPLAT.

SPLAT. SPLAT. SPLAT. SPLAT. SPL-

Чарлз изкрещя с пълно гърло: „ДОМ!" И този път се получи. Отново бяха у дома. В безопасност.

Харуто прегърна баба си.

„Толкова се радвам, че отново сме си у дома", казаха си двамата.

Минути по-късно пристигнаха Сам и Саманта.

✳✳✳

„Видяхме телата ви да спят в стаята ви. Не знаехме какво да правим“, каза Сам.

„Това е дълга история“, каза Е-З.

Собо попита Чарлз: „Успяхте ли да задържите книгата?“ „Разбира се, че да - каза Чарлз и я вдигна. Беше голям том, с твърди корици, с дебел гръбнак, който можеше да се види и прочете от всички -

„Големите надежди“ от Чарлз Дикенс.

„Донесохте една от собствените си книги?“ Бранди възкликна.

Лачи се изсмя.

„I...“ Чарлз каза. „Казахте ми да си избера която и да е книга, а аз взех тази на случаен принцип.“

„Всичко се случва по някаква причина“, каза Лия.

„Но това наистина е пресилено“, възкликна Бранди.

„Всички се успокойте“, каза Е-З. „Чарлз направи най-доброто, което можеше при тези обстоятелства - и поне ТОЙ можеше да види книгите. Никой от нас не можа.“

„Големите надежди" - каза Алфред, - "е книга, която се яде настървено!" Той звучеше като британската версия на тигъра Тони от рекламите на зърнени закуски.

„Прав е" - съгласиха се Сам и Саманта. „Това е един от най-хубавите романи, писани някога."

Чарлз свали очилата на Рафаел и ги върна на Е-З, който веднага ги сложи. Той поклати глава, но заглавието на книгата, която Чарлз все още държеше, беше различно. Той прочете новото заглавие на глас,

„Полето на мечтите" от У. П. Кинсела.

„Дай да опитам - каза Лия и посегна към очилата на Рафаел.

„Чакай!" Е-З извика, докато Лия ги сваляше от лицето му. „Не ги слагай. Помниш ли, Рафаел каза, че само аз трябва да ги нося, но направих изключение за Чарлз заради съня на Собо, но не мисля, че трябва да ги предаваме наоколо. Освен това вече знаем отговора на въпроса, който всички си задаваме. Това е книга, която се превръща в каквото и да е заглавие, което читателят иска да види".

„Или има нужда да види - каза Собо.

„Но аз не съм искал или имал нужда да видя „Големите надежди". Дори не съм чувал за нея!"

„Но представете си - каза Сам, - каква библиотека би могла да бъде тя в бъдеще. Достатъчно е да измислим заглавието на някоя книга и воала - държим я в ръцете си".

„Това обаче няма да е много добре за авторите, имам предвид как ще им се плаща?" Саманта попита.

„Не знам как би се получило всичко това, а може би пропускаме нещо голямо тук" - каза Алфред.

„Голямо, като какво?" Е-З попита.

„Ами ако книгата е тази, която избира читателя, а не обратното?"

„Ду-ду-ду-ду-ду" - запя Бранди, което беше музиката от „Зоната на здрача".

„Да обобщим. Собо имаше сън, в който Розали ѝ показа Библиотеката на облаците и с очилата на Рафаел Чарлз можеше да ни заведе там. Което той и направи, но мястото не беше такова, каквото се очакваше. Само Чарлз можеше да види книгите, той взе една и по пътя обратно бяхме нападнати от стрелящи с буболечки очни ябълки, подобни на тези, които нападнаха Хадза Рейки и мен в Долината на смъртта." "Това е всичко накратко - каза Бранди.

„Това, което ме интересува, е дали Ериел е казала на Фуриите за това, че Рафаел е дал на Е-З очилата ѝ" - попита Лачи.

„Това е нещо, което може би никога няма да разберем - каза Е-З, - защото Майкъл даде на Ериел само един шанс да говори с мен". Той отиде до прозореца и погледна навън. „Чудя се", каза той.

„Какво се чудя?" - възкликнаха всички.

„Дали Фуриите знаят за очилата и за техните сили. Ако чрез Розали са ни измамили да посетим Библиотеката на Облаците, значи трябва да знаят за Чарлс. Това означава, че той вече не е тайно оръжие. Как биха могли да знаят? И все пак, очните божури - това е твърде голямо съвпадение".

„Ериел ти е казала да използваш очилата - каза Алфред.

„Видях го как го задържат и нямаше начин, никакъв възможен начин да изпрати съобщение на „Фуриите"... не и с Майкъл, който пазеше всяка негова стъпка." Е-З се изтърколи назад, където бяха останалите. „Между другото, Алфред, как се отдели от нас?"

„Бях се изгубил в един черен облак, докато не извиках Малката Дорит и Бейби да ми помогнат, а останалото го знаете."

„Беше толкова странно", каза Чарлз. „В един момент не можех да видя книгите, махнах очилата, сложих ги отново и те бяха навсякъде. И все пак аз бях единственият, който можеше да ги види".

„Аз ги виждах", каза Бейби. „Тази полетя към мен." Той я подхвърли на Чарлз, който я хвана с два пръста.

Беше миниатюрна книжка с мъничко заглавие на гръбчето, което всички прочетоха на глас:

"Всичко, което някога сте искали да знаете за фуриите, но сте се страхували да попитате" от Анонимен.

„Резултат!" Бранди възкликна.

Те се събраха около малката книжка, докато Чарлз я отваряше толкова внимателно. Отвътре предната корица беше празна, както и първата страница. Той обърна на следващата страница, където имаше думи, които веднага започнаха да се движат, да се разбъркват. Думите се носеха по страницата, размествах а се и се пренареждаха, сякаш бяха забравили какви думи и какъв език трябваше да представляват.

Е-3, който все още носеше очилата на Рафаел, се почувства замаян, докато думите се размествах а, и ги свали.

„Опитай ти - каза той на Чарлз, като му подаде очилата.

Чарлз ги сложи и бързо ги свали отново, като се втурна към прозореца за малко свеж въздух. Той ги върна на Е-3.

„А сега ти", каза той на Собо, който отказа да пробва очилата, както направи Харуто."

„Ще опитам - каза Лия, но скоро се присъедини към Чарлс на прозореца.

„Лачи?" Е-3 попита.

„Разбира се", каза той, сложи очилата и веднага след това ги свали отново. „Не става" - каза той, като се свлече на леглото.

„Дай ми да опитам!" Бранди каза, докато Е-Зи слагаше очилата в ръката ѝ и тя ги поставяше на лицето си. „Чакай малко - каза тя, - струва ми се, че виждам нещо, това е..." и избълва зелена субстанция, която за щастие се удари в стената, а не в човек.

„Ела с нас", казаха Сам и Саманта на Бранди, „ще ти помогнем да се изчистиш".

„Ех, благодаря", каза Е-З, обърна стола си към Алфред, след което постави очилата на човката си.

„Лебед, който носи очила. Нелепо!" Алфред каза.

„Изглеждаш много ученолюбив!" Чарлз каза.

„Приличаш на професор Лудвиг фон Дрейк!" Бранди възкликна.

Сам каза: „Той беше учител на Доналд Дък".

„О" - казаха онези, които бяха твърде малки, за да са чували за Доналд Дък.

„О, Боже", каза Алфред, когато думите спряха да се въртят и се върнаха към начина, по който ги беше написал авторът. Той прочете първите две страници, след това следващата, следващата и следващата. Прелетя през цялата книга с лекотата на бърз читател и когато приключи, книгата се затвори.

ПУФ

И тя изчезна.

„Е, беше интересно - каза Алфред, върна очилата на Е-З и се спря да не падне.

„Искаш да кажеш, че си прочел всичко?" Сам каза. „Тези очила са забележителни."

„Спомням си всичко, но имам нужда да обработя информацията и трябва да си почина. Не искам да седя тук и да ти го прочета цялото. По-добре ще е, ако подредя наученото, а после ще поговорим за него".

„Ами ако - попита Бранди, - си пропуснал нещо, което някой от нас не би могъл да забележи? Нищо лично."

Алфред се засмя. „Това, че сега съм във формата на лебед, не означава, че не съм прочел много, много книги през живота си. Всъщност на младини посещавах Оксфордския университет и го завърших с отличие. Изучавал съм литература и изкуства".

Е-З каза: „Не ти си избрал книгата - книгата избра теб. Никой от нас не можа да прочете и една дума в нея".

„Благодаря ти, че повярва в мен."

Лия каза: „Колко време искаш да мърмориш? Можем ли да отидем да гледаме онзи филм?"

Саманта каза: „Ще трябва да направя още малко пуканки. Вече изядохме другата купа."

„Ядене на стрес" - каза Сам с усмивка.

„Благодаря" - каза Алфред. „Ще се върна при теб веднага щом мога."

„Отделете си колкото време ви е необходимо“, каза Е-З. „Елате и се присъединете към нас, когато сте готови“.

Бандата отиде във всекидневната и подготви филма. Саманта направи още малко пуканки в микровълновата фурна. Всички се събраха наоколо, за да гледат филма.

Алфред поспа известно време на обичайното си място, но сънуваше сънища, предимно кошмари, и накрая се изнесе в градината и подиша малко свеж въздух. Всички зависеха от него и натискът му тежеше, докато съдържанието на миниатюрната книга се въртеше в съзнанието му.

ГЛАВА 20

СЪОБЩЕНИЕ ОТ ФРАНЦИЯ

E-Z изгледа първата половина на филма заедно с останалите, след което се почувства неспокоен и реши да навакса с работата си. Влезе в стаята си, очаквайки да открие Алфред, който спеше непробудно, но той не беше открит никъде. Загрижен, той отиде до задната врата и погледна навън, за да види лебеда, който спеше спокойно, изтегнат на един стол на тревата. Той затвори вратата и се върна в стаята си, отвори лаптопа си и влезе в системата.

Няколко пъти се върна напред и назад в мислите си, като решаваше дали да се съсредоточи върху писането на романа си, или да прекара това време в повече проучвания за техните врагове Фуриите. Звукът на едно съобщение, което се появи във входящата му поща, го накара да вземе решение. То имаше червена отметка, обозначаваща спешност, и въпреки че не съдържаше прикачени файлове, той не кликна върху него. Вместо това го прочете в предварителен преглед. Или се опита да я прочете. Съобщението беше изцяло на друг език. Забеляза няколко думи, които разпозна като френски, затова копира текста, влезе в търсачката и вмъкна следното съобщение в онлайн преводач:

Шер Е-З Дикенс,

Je m'appelle François Dubois et j'ai sept ans. J'habite à Paris, en France, et j'aimerais faire partie de votre équipe de Superhéros. Vous vous demandez peut-être quelles compétences j'apporterais à l'équipe. C'est une bonne question et je serai heureux d'y répondre. Mais je me demande si ce site est sécurisé.

Si vous souhaitez me parler davantage, vous pouvez m'envoyer un courriel directement. Mon adresse de courriel est jointe. J'ai hâte d'avoir de vos nouvelles.

Votre ami,

Francois

Той натисна бутона за изпращане и се получи следният превод:

Скъпи Е-З Дикенс,

Казвам се Франсоа Дюбоа и съм на седем години. Живея в Париж, Франция, и бих искал да бъда в твоя отбор от супергерои. Може би ще се запитате какви умения бих внесъл в екипа. Това е добър въпрос и аз с удоволствие ще отговоря на него. Но се чудя дали този сайт е сигурен?

Ако искате да поговорите с мен повече, можете да ми пишете директно. Адресът на електронната ми поща е приложен. Очаквам с нетърпение да се свържете с мен.

Ваш приятел,

Франсоа

Заинтригуван, той препрочете съобщението няколко пъти, като се замисли за времето, в което е изпратено. Чудеше се дали не е параноик, като си мислеше, че това момче, дошло чак от Франция, може да заговорничи с Фуриите. Дори и да беше прекалено предпазлив, имаше право да бъде, а и като лидер на екипа си трябваше да се увери, че подобни запитвания са законни. Щеше да се нуждае от помощта на чичо Сам, за да провери това, но засега щеше да пусне няколко сигнала и да види какво ще се върне.

Той написа бързо съобщение, без да го превежда. Хлапето можеше да използва търсачка, същата като него, и да намери преводач и след като го препрочете няколко пъти, натисна ИЗПРАТИ.

Скъпи Франсоа,

Благодаря ви за съобщението. Как разбрахте за нас?" С уважение,

E-Z.

Отговорът на Франсоа се върна толкова бързо, че накара E-Z да се почувства още по-подозрителен. Този път на английски език той гласеше:

Скъпи E-Z,

Благодаря ви за бързия отговор.

Моята учителка видя вашия уебсайт и ние научихме за вас и вашия екип като част от урока ни по актуални събития.

Надявам се скоро да се чуем с вас.

Вашият приятел,

Франсоа.

Със сигурност звучеше законно. Той набра още едно съобщение, в което питаше Франсоа какви супергеройски сили има да предложи на екипа си, за да може да ги обсъди с тях. Минути по-късно Франсоа му изпрати следното съобщение:

Скъпи E-Z,

Благодаря ти за предоставената възможност да ти разкажа за моите супергеройски умения.

Първо, подобно на теб и аз не винаги съм бил супергерой. Това е нещо, което ни обединява. Ето защо си помислих, че бих бил подходящ за вашия екип.

Вместо да ви разказвам, бих искал да ви покажа. Приложена е лична покана за гледане на нашия канал в YouTube - помогна ми баща ми. Връзката е достъпна само за вас, а поканата за гледане изтича след двадесет и четири часа.

Очаквам с нетърпение да се свържете с мен, след като го видите.

Ваш приятел,

Франсоа.

Любопитен и без колебание Е-3 кликна върху връзката. Появи се съобщение, което го помоли да отговори на въпрос, на който той нямаше проблем да отговори, тъй като беше свързан с бейзбола.

След като влезе, той кликна върху клипа, увеличи звука и той веднага започна.

Първият човек, когото видя, беше едно дете, което се представи като седемгодишния Франсоа Дюбоа чрез текста, който беше преведен от него в долната част на екрана.

Детето беше високо, много високо. Всъщност то стоеше до няколко мерителни пръчки. Баща му увеличи мащаба, за да покаже, че Франсоа, на седемгодишна възраст, вече е висок 163 сантиметра (5 фута и 4 инча). Освен с ръста си Франсоа изглеждаше като всеки друг седемгодишен - с червеникавокафява коса, дебели очила с тъмни рамки на носа, карирана риза, сини дънки и черни маратонки.

„Бонжур Е-3!" Франсоа каза, като излъчваше усмивка, която разкриваше, че двата му предни зъба липсват.

Е-3 отвърна на усмивката, след което наблюдаваше как Франсоа и баща му обсъждат някакъв въпрос на френски, без да е осигурен превод.   Дискусията   им   изглеждаше разгорещена, ако се съди по жестовете на ръцете и изражението на лицето им. Той се надяваше, че Франсоа няма да се опита да направи нещо опасно.

Е-З наблюдаваше как Франсоа продължава да върви към най-известната забележителност на Париж, Франция - Айфеловата кула. Табелата отвън показваше, че цената за влизане е за лица на възраст от 12 до 24 години е 5 евро. Франсоа затвори очи, после отново ги отвори. Чакай малко. Нещо се беше променило, може би това беше осветлението.

Той продължи да наблюдава, докато Франсоа се позиционираше до друга табела, на която пишеше:

Световно изложение в Париж, 15 май 1889 г.
„УЖАС!" Е-З възкликна, опитвайки се да разбере на какво е станал свидетел току-що. Пътуване във времето?

Франсоа затвори очи и се върна до оригиналния надпис 12-24 години 5 евро.

Камерата се разми. В долната част на екрана се появиха думите: „Един момент, моля".

С едно щракване камерата започна да се върти отново, но този път Франсоа стоеше до катедралата Нотр Дам дьо Пари. След големия пожар през 2019 г. тя се възстановяваше и скелетата и крановете работеха усилено.

Както и преди, Франсоа затвори очи, а след това отново ги отвори.

„Няма как!“ Е-З възкликна.

Франсоа се намираше през 1163 г., точно в деня, в който беше поставен първият камък за великата катедрала „Нотр Дам“.

Е-З натисна пауза. Възможно ли е това да е фалшификат? Разбира се, че можеше. С днешните технологии всеки можеше да фалшифицира всичко. И все пак нещо в интуицията му подсказваше, че е истинско. Все пак му трябваше второ мнение. Имаше нужда от чичо Сам.

Като погледна спряния Франсоа на екрана, Е-З кликна върху „Старт“. Франсоа махна с ръка, когато клипът свърши.

Е-З кликна и се върна към входящата си поща. Натисна отговор и написа следния имейл на Франсоа:

Скъпи Франсоа,

Благодаря ти, че ми позволи да видя твоята суперсила. Трябва да поговоря с екипа. Ако решим да те приемем, кога ще можеш да се присъединиш към нас?

Ваш приятел,

Е-Z

Той изчака секунда и препрочете съобщението си, преди да натисне бутона „Изпрати“. Обмисляше да смени АКО на КОГА. Нерешително, той помисли за суперсилата на Франсоа да пътува във времето. Момчето щеше да бъде невероятно попълнение в екипа.

Все пак трябваше да получи второ мнение. Преди да се замисли повече. Той написа на Сам: „Имаш ли секунда?“

В пощенската му кутия се появи нов имейл с думите:

ЗДРАВЕЙ, E-Z,

Ако ме приемеш в отбора, можеш ли да дойдеш и да ме вземеш?

Твоят приятел,

Франсоа.

Това му се наложи да обмисли.

Той отговори:

Ще се свържа с теб възможно най-скоро.

Вашият приятел,

E-Z.

Сам влезе в кухнята: „Какво става, момче?“

„Съжалявам, че те откъсвам от филма.“

„Така или иначе ми се приспиваше, така че се радвам за разсейването.“

„Получих имейл чрез нашия уебсайт от едно момче във Франция, което поиска да се присъедини към нашия отбор. Той и баща му направиха клип, вече го гледах. Има впечатляващи умения. Вижте го и ми кажете какво мислите“.

Сам остана мълчалив през цялото време. Когато клипът свърши, той поиска да го види отново.

Когато свърши за втори път, Е-З попита: „Какво мислиш?".

„Мисля, че това, което виждаме, е впечатляващо. Момче от Франция, което пътува във времето."

„Наистина бихме могли да се възползваме от подобна суперсила в нашия отбор."

„Точно така", каза Сам. „И точно затова съм подозрителен към него. Водили ли сте кореспонденция с момчето?" "Не, не.

Е-Зи превъртя казаното досега.

„Откъде знае, че не си имал свръхспособности през целия си живот?" - попита той.

„Да, точно това си помислих и аз. Но мисля, че това е разумно предположение. Той е умно момче."

„Вярно е", каза Сам. „Имаш ли нещо против да щракна наоколо и да видя какво мога да намеря?"

Е-З кимна и Сам пое контрола над лаптопа му. Той провери IP адреса, който изглеждаше легитимен. Не му беше трудно да проследи местоположението му в Париж.

Потърси името на Франсоа, разбра в кое училище учи. Откри, че играе баскетбол. Разбра, че е сръчен в правописа. Изглежда, че не се е забърквал в неприятности.

После Сам намери съобщение за смъртта на майката на Франсоа, която е починала, когато той е бил на пет години. Причината за смъртта не била посочена, но било поискано да се направят дарения на Фондацията за борба с рака на гърдата в Париж.

„Всичко изглеждаше законно" - каза Сам.

„И все пак, как можем да сме сигурни? Не искам да поемам излишни рискове."

„Единственият начин да сме сигурни е да разпитаме лично момчето." Той се поколеба: „Хм, попита кога можеш да дойдеш и да го вземеш. Сега, като се замисля, това е доста странно предложение за дете, което пътува във времето."

„Да, не бях мислил за това."

„Едно нещо е сигурно, Е-З, ако някой ще го вземе, това ще съм аз. Ти си нужен тук."

„Оценявам предложението, чичо Сам, но животът ти в опасност не е вариант".

„Добре", каза Сам. „Чувал ли си нещо от Алфред?"

Алфред се запъти към кухнята. „Какво?" - попита той.

ZAP

Пристигна малко бяло пухкаво коте.

„Bonjour E-Z, je m'appelle Poppet. Франсоа ме поздравява."

„О, боже", беше всичко, което Е-З каза.

Веднага се появи имейл от Франсоа, който гласеше:

„Стигна ли благополучно?"

Чичо Сам каза: „Е, това отговаря на нашия въпрос".

Е-З набра: „Да, тя е тук."

ZAP

Поппет изчезна.

„Това е толкова готино“, написа Франсоа. „Когато сте готови, ако искате да ме включите в отбора си, ще опитам и аз“.

„Засега се дръжте здраво“, каза Е-З.

„Откъде Попето знаеше къде живеем?“ Сам попита.

„Това не го знам.“

ГЛАВА 21
РЕШЕНИЕТО FRANCOIS

Наследващия ден E-Z свиква спешна среща на групата. След като всички се настаниха, той започна работа.

„Един потенциален нов член поиска да се присъедини към нашия екип. Сам и аз проучихме молбата му и всичко изглежда законно".

„Подкрепям това мнение", каза Сам.

E-3 кимна: „Франсоа е пътешественик във времето."

„Уау!" Лия каза.

„Страхотно!" Лачи каза.

Останалите имаха подобни коментари с изключение на Чарлз, който попита: „Какво е пътешественик във времето?"

„Ти си!" Бранди каза.

„Това е човек, който пътува от едно време в друго", каза Лия.

„Може би просто изгледайте този клип и ще разберете по-добре, всички ние ще разберем по-добре какво може да прави той." Той погледна към Алфред: - Но преди да поговорим за Франсоа, бих искал да предам думата на Алфред, за да може да ни запознае с това, което е открил в книгата. За теб, Алфред."

Лебедът тромпетист прочисти гърлото си, когато всички погледи се насочиха към него.

„Прегледах всичко, отпред, отзад, отстрани и се опасявам, че няма да ви помогна много. Тъй като на Фуриите е даден конкретен мандат - и те се придържат към него (въпреки че нарушават правилата), дори не мисля, че Зевс би могъл да ги накаже за това, което правят."

„Искаш да кажеш, че е безнадеждно?" Бранди попита.

„Не, не казвам, че е безнадеждно, но просто не виждам изход. Освен ако не знаят това, което ние знаем."

„А то е?" Бранди попита.

„Планът на Ериел. Как ги е използвал. Къде е Ериел. Как е в неизвестност."

„Вярно, сигурно се чудят защо не комуникира с тях" - каза Лачи.

„А това може да породи недоверие" - добави Бранди.

„Ами ако - каза Сам - тази информация им е изтекла?“ “Мислех си същото - каза Саманта. „Може би без него те ще обърнат опашка и ще избягат“.

„Може обаче да стане и обратното. Без него да ги държи на каишка, може и да се обърнат. Е, кой знае какво биха направили!“ Е-З каза.

„Вече са събрали много души - каза Лия. „Мисля, че Е-З е прав. Като знаят, че той е извън играта, може да ги направят по-смели.“

Алфред забеляза, че разговорът удря на камък: „И така, нека да поговорим за уменията на Франсоа за суперсили. Той е пътешественик във времето. Как би могъл да ни помогне?“

„И още нещо - започна Е-З. - И това го забеляза чичо Сам, така че може би той ще е най-добрият човек, който да го обясни.“

„Не, ти продължавай“ - каза Сам.

„Франсоа е изпратил тук едно коте.“

„Коте?“ Собо попита.

„Да, така е. Казваше се Попет и пристигна в кухнята. Веднага получих съобщение от Франсоа, който ме попита дали е пристигнала благополучно. Тя каза здрасти - да, можеше да говори. След като потвърди, че е пристигнала благополучно, тя отново изскочи навън. Въпросът, който Сам зададе по-късно, беше: откъде знаеше къде живеем?“

„Чакай малко - каза Чарлз. „Някой не ми ли каза, че адресът ви е публикуван в интернет?“

„Аз също чух това“ - каза Бранди.

Сам каза: „Уау, това изглежда като преди цяла вечност, но е вярно.“

Те се събраха около Сам и видяха къщата си онлайн, свързана с уебсайта, за да я видят всички по света.

„Е, няма никакво съмнение в това. Щом знаят кои сме, значи знаят и къде сме“, каза Сам. „Освен ако...“

„Освен ако какво?“ Е-З попита.

„Освен ако не са толкова технически грамотни, колкото си мислим, че са.“

Собо каза: „Никога не подценявай врага. Така недостойните злодеи се превръщат в герои.“

„Добре, първо да гледаме как Франсоа пътува във времето, а после да направим мозъчна атака за това как той може да ни помогне да победим Фуриите“ - каза Е-З.

Те изгледаха клипа в мълчание. Когато свърши, Е-З каза: - Ще напиша списъка. Кой иска да започне?“

„Не“ - каза Сам. „Мисля, че трябва да го напишем по старомодния начин. Знаеш ли, с химикалка и хартия.“ Той бръкна в кухненското чекмедже и извади бележника, който използваха за списъци с хранителни продукти, и химикал. „Ти продължавай да мислиш, а аз ще бъда секретар. И дори не е нужно да ми плащаш заплата.“

Няколко смеха и подмятания, след което идеите започнаха да текат:

#1. Франсоа би могъл да се върне назад във времето, да разбере какво се е случило с Пи Джей и Арден и да го спре.

#2. Франсоа може да се върне назад във времето и да спре убийството на всички деца.

#3. Франсоа би могъл да се върне назад във времето и да спре родителите на Е-3 да бъдат убити, да спре злополуката с него.

#4. Също важи и за злополуката на Лия.

#5. Да се повтори: инцидентът със семейството на Алфред.

#6. Потвърждение за Лахлан, който е затворен в клетка.

Интерлюдия.

Харуто е щастлив с новото си семейство. Край на историята.

Бранди нямаше нищо против да може да умре и да оживее отново, въпреки че се поинтересува дали връщането в деня на прослушването е осъществим вариант. Тази молба беше единодушно отхвърлена.

Чарлз също не съжаляваше.

Мозъчната атака бе възобновена:

#7. Франсоа би могъл да се върне във времето преди създаването на Фуриите, за да се увери, че са получили ахилесова пета.

#8. Франсоа би могъл да се върне назад във времето, в първия ден, в който Ериел се е срещнала с Фуриите. Той би могъл да бъде шпионин. Или може да направи така, че те изобщо да не се срещнат?

#9. Ако Попето може да влиза и излиза, може ли Франсоа да направи същото?

Алфред каза: „Чакай малко. Това е напълно налудничаво, но какво би станало, ако Франсоа се върнеше назад и анулираше „Фуриите" от съществуването им.

„Уау, това е отлична идея!" Е-З каза. „Но във всички истории, които съм чел за пътуването във времето, играта с живота и промяната на събитията винаги е осъждана."

„Да, помня това от „Завръщане в бъдещето". Но от личен опит - обясни Бранди, - когато умра и се върна отново, сякаш събитията, довели до смъртта ми, никога не са се случвали. Това е като сън, ако разбираш какво имам предвид?"

„Сам се протегна и се прозя. „Бебетата скоро ще се събудят. Не искам да превишавам границите на ръководството на Е-З, но мисля, че трябва да прекараме известно време в размисъл, преди да предприемем каквито и да било действия."

„Съгласен съм. Благодаря на всички за отличната мозъчна атака", каза Е-З.

И заседанието беше закрито.

ГЛАВА 22

ЗАТОПЛЕНО МЛЯКО

Лияи останалите прекараха деня в самостоятелни занимания. Вечерта, изтощена, тя се мяташе и въртеше, но не можеше да заспи. Разочарована от часовете без сън и постоянните тревоги, тя слезе долу за малко топло мляко.

Вкара една чаша в микровълновата печка, натисна 40 секунди и след това натисна бутона „Старт". Докато часовникът отброяваше, тя наблюдаваше числата 39, 38, 37, 36 и т.н., докато не се появи числото 33. Това беше последното число, което видя.

„Здравей, Малката Дорит - каза тя и съжали, че не е облякла халата си. „Къде отиваме?"

„На мисия сме", каза еднорогът. „Къде сме тръгнали?"

„Не знаеш за кого?“

„Не. занимавах се със собствените си работи, когато ме извика Лия, не си ли спомняш?“

„Не съм ти се обаждала“, каза Лия. „Още не съм се наспала. Това е странно.“

Еднорогът замръзна във въздуха.

СЗОШ

Малката Дорит излетя с пълна скорост.

„Аргххх!“ Лия извика, като се държеше за живота си. „Какво става? Защо се движиш толкова бързо?“

„Не знам“, каза еднорогът. „Сякаш някой или нещо ме е взело под контрол.“ Тя се опита да спре, както беше направила само преди малко. Сега, каквото и да правеше, не можеше да спре. Нито пък можеше да намали скоростта.

„Дръж се здраво!“ Малката Дорит изкрещя, докато тялото ѝ започна да се преобръща напред с главата напред. „О, не!“

Лия изкрещя, но се държеше за живота си. Накрая спряха да се търкалят, но вместо да забавят ход, ускориха още повече.

Летяха насам-натам, докато нощта се превръщаше в ден. Докато слънцето си проправяше път нагоре по небето, разстоянието между него и тях намаляваше.

„Имам чувството, че кожата ми гори!“ Лия възкликна.

„Козината ми също“, каза малката Дорит. „Нека се опитам да ни обърна отново.“ Тя наистина опита и както преди те се търкулнаха с главата напред, с главата надолу, като намаляваха разстоянието между тях и горещото слънце.

„Трябва да се върнем!" Лия изкрещя. „Ако не го направим, с нас е свършено."

„Но аз не мога да спра. Не мога да направя нищо. Чакай, ще помоля за помощ Бейби."

На фона на пламтящото слънце се появиха три крилати същества. Те се държаха за ръце, а почернелите им одежди се въртяха и усукваха около телата им.

СНАП!

СНАП!

СНАП!

Звукът, който изпълни въздуха, беше звукът от щракане на камшик, когато Лия и Малката Дорит бяха привлечени към него като към трактор. Гръмотевици се разнасяха, въпреки че не се виждаха бури, докато ноктите на слънцето се протягаха към тях, заплашвайки да разрушат самото им съществуване.

„С нас е свършено!" Лия каза. „Благодаря ви, че се опитахте да ни спасите." Тя прегърна еднорога. „Сигурно ми се искаше да имаш юзди. Тогава може би щях да мога да те обърна."

ЗАП!

Появиха се юздите.

Лия обви ръце около тях, но преди да успее да ги овладее, те се стопиха в нищото.

„Права си, мисля, че с нас е свършено“ - каза Малката Дорит. От очите ѝ се стичаха стъклени сълзи.

BONJOUR

Появи се Франсоа: „Мога ли да бъда полезен?“.

„Със сигурност можеш“, възкликна Лия. „Измъкни ни оттук!“

„Затвори очи и се дръж здраво“, каза Франсоа.

Лия и Малката Дорит трепереха от страх.

ДИНГ. ДИНГ. ДИНГ.

Микровълновата печка. Кухнята.

Лия падна на пода.

Малката Дорит се приземи благополучно в прохладния поток, където се плисна наоколо, след което се отправи към дома.

„Къде си била?“ Бебето попита.

„Предполагам, че не си получила съобщението ми. Няма значение. Твърде уморена съм“, каза Малката Дорит. „Ще ти разкажа за това на сутринта.“

ГЛАВА 23

НА СЛЕДВАЩИЯ ДЕН

Бешеред на Собо да приготви закуската и именно тя намери Лия на пода, завита като изхвърлена топка вълна.

Собо нададе вик: „Ела бързо! Нашата Лия се нуждае от помощ!"

Първа пристигна Саманта. Тя веднага притисна устни към челото на Лия, за да провери дали има температура, след което извика на съпруга си да донесе термометър, за да провери още веднъж.

„Температурата ѝ е 107,7", потвърди Сам. „Трябва да я закараме в болницата."

Саманта натисна 911, докато Сам вдигна Лия, пренесе я и я постави на дивана, а те зачакаха линейката.

„Аз ще пазя крепостта", каза Сам, докато съпругата му и Собо следваха парамедиците, които носеха безсъзнателната Лия на носилка.

Когато линейката се отдалечи от бордюра с пусната сирена, Лия отвори очи и се опита да седне.

„Чувствам се добре", каза тя.

Парамедикът отново провери температурата ѝ и тя беше нормална. Той сви рамене.

Докато пристигнат в болницата, Лия вече беше възвърнала старата си форма и искаше отново да се върне у дома - сега.

„Въпреки че сега жизнените ѝ показатели са наред, тъй като ни се обадихте, трябва да проследим. Лия ще бъде приета и след като получи разрешение от дежурния лекар, ще ѝ бъде позволено да се прибере у дома".

„Е, поне ме оставете да вляза" - каза участничката, докато шофьорът отваряше вратите.

„Не, малката госпожица, ти остани на място", каза той, докато се подготвяха да внесат носилката и обитателката ѝ вътре, а Саманта и Собо ги следваха.

Саманта изпрати на Сам съобщение с актуална информация. Той ѝ отговори с емотиконка с вдигнат палец, точно когато тя на практика се втренчи в родителите на Пи Джей и Арден, които бяха на път да излязат.

„Те са будни! Нашите момчета са будни!“

„И двамата?“ Саманта възкликна, докато предаваше тази последна информация на Сам, който, събуди племенника си, за да му съобщи добрата новина.

„Бъди там!“ Е-З каза, след като повика такси.

ГЛАВА 24
В БОЛНИЦАТА

Е-3 е на път да се види с двамата си най-добри приятели. В таксито съзнанието му повтаряше добрите новини отново и отново. Толкова много неща се бяха случили. Толкова много неща бяха пропуснали. Толкова много неща трябваше да им каже. Искаше да им каже.

„Знаете ли коя е стаята?" - попита медицинската сестра.

Той й каза, че не, и тя бързо му я намери. След като й благодари, той хвана асансьора и се отправи към стаята им, като се чудеше дали да им купи нещо. Цветя? Бонбони. Реши да ги попита дали имат нужда от нещо.

Пристигна точно пред вратата им, вътре чу гласовете им и се ослуша за няколко мига, преди да заяви присъствието си. След това пое дълбоко дъх, като се опитваше да сдържи емоциите си да не го завладеят - не искаше да се размърда и да се засрами...

„Влез, голям мекотело!" Пи Джей каза.

„Аааа, той ни изпусна!" Ардън каза.

„Не би ли трябвало да изглеждате по-хубаво след целия този сън за красота? Между другото, и двамата имате нужда от бръснене!"

„Не искаме да ви засенчваме, а и аз някак си живея с усещането за моите брадички", каза Ардън.

„Знаем, че обичаш вниманието! Виждам, че четката ти за бутилки също има нужда от подстригване!"

Майката на Пи Джей, която току-що се беше върнала в стаята, прошепна на Е-Зи, че не искат момчетата да прекаляват, тъй като са будни само от няколко часа.

След като поговориха малко, Е-З прегърна двамата си приятели и каза, че трябва да си ходи. „Ще се върна - обеща той, - и ще се промъкна с един-два бургера - чувал съм, че болничната храна е наистина много лоша".

„Няма да го направиш!" Майката на Арден каза, когато също се върна в стаята.

Той отдръпна стола си, като майката на Арден беше обърната с лице към него, а двамата му приятели събраха ръце, молейки го да им донесе храна.

Докато си проправяше път по коридора, той не можеше да повярва колко много му липсват - и колко добре изглеждат. Той слезе с асансьора до Спешното отделение, където намери Саманта и Собо.

„Има ли новини?" Е-3 попита.

„Добре е, ядосана е. Накараха я да остане, за да я прегледат - каза Саманта. „Но ще се почувствам по-добре, щом получи разрешение и можем да се измъкнем оттук".

„И аз", каза Е-3. „Нека да отида и да погледна." Той се запъти по коридора. Докато вървеше, се вслушваше в гласовете вътре в заградената със завеса зона, която според него беше станцията за предварителен прием. Накрая чу гласа на Лия вътре и влезе.

„Моля, изчакайте отвън", каза сестрата.

„Но тя е моя сестра."

„Искам да се прибера у дома - сега!" - поиска тя, след което скръсти ръце на гърдите си.

„Ще ви изпишат веднага щом лекарят каже, че можете да бъдете изписана. И нито за миг по-рано."

„Как се чувстваш? Мама се притеснява за теб."

„Ще ви оставя двамата насаме, за да си поговорите", каза медицинската сестра. „Лекарят трябва да дойде съвсем скоро. А и се уверете, че тя остава спокойна."

„Е, благодаря", каза Е-3.

След като тя си тръгна, те се прегърнаха.

„Малката Дорит и аз едва не изгоряхме от слънцето!" - каза тя. Тя разказа на Е-З всичко, както се е случило, от началото до края.

„Интересно е, че Франсоа те е спасил."

„Не знам как е разбрал. Малката Дорит и аз мислехме, че сме загинали. Определено беше Фурията. Те искаха да ни изгорят! Бяхме се изпепелили. Те са ужасни, зли вещици!"

„Имаше ли змии?" Е-Z попита

„Змии и камшици."

„Звучи като „Фуриите"." Е-Z се поколеба. Той смени темата. „Чувал ли си за Пи Джей и Ардън?"

Тя поклати глава.

„Те се събудиха!"

„В никакъв случай! Това е странно съвпадение, не мислиш ли? Опитват се да отстранят Малката Дорит и мен, а междувременно двамата ни приятели в кома се събуждат."

„Прав си, мисля, че всичко е свързано."

Саманта отдръпна завесата: „Какво е свързано?" Тя прегърна дъщеря си. „Как се чувстваш сега, бебе?"

„Аз не съм бебе", каза Лия. „Но се чувствам по-добре и искам да се прибера у дома. След като посетя Пи Джей и Арден."

Влезе Собо. Тя прегърна Лия.

„Какво се случи с теб?" - попита тя.

Лия отново обясни всичко. Майка ѝ не го прие толкова добре, колкото Собо. Е-Зи се втурна и наля на Сам чаша вода. Докато Собо имаше много въпроси. „Затопляла си мляко в микровълновата?" „Не, не.

Лия кимна.

„И тогава те изхвърлиха от кухнята?"

„Да, и то направо върху гърба на Малката Дорит. Малката Дорит каза, че съм я повикала, но не беше така."

„И какво се случи след това?" Собо попита.

„Ами Литъл Доррит летеше и си говорехме и когато никой от нас не знаеше къде отиваме и защо, мислехме да се върнем обратно. Следващото нещо, което разбрахме, беше, че Малката Дорит и аз бяхме принудени да се приближаваме все повече и повече към слънцето, без да имаме никаква сила да се обърнем."

„Но ти и Малката Дорит не отговаряте на критериите на Фуриите. Те не би трябвало да могат да докоснат нито един от вас!" Е-З възкликна.

Саманта каза: „Може би това е просто съвпадение.

Собо повтори съвета си отпреди: „Никога не подценявай врага".

След като Лия получи разрешение да се прибере у дома, тя и Е-З изненадаха Пи Джей и Арден с чийзбургери и пържени картофи, които внесоха контрабандно.

На път за вкъщи в таксито, заедно със Саманта, Собо и Лия, E-Z мислят само за едно нещо. Фуриите бяха нападнали Лия и Малката Дорит и се бяха провалили. Не само че се бяха провалили - благодарение на Франсоа - но по някакъв начин, по някакъв начин Вселената беше изпратила обратно Пи Джей и Арден.

Съвпадение? Не мислеше, че е. Вместо това искаше да повярва, че силите на Фуриите намаляват, ако излязат извън рамките на мандата си.

Така или иначе, той и екипът му трябваше да са готови във всеки един момент да се възползват от ситуацията.

Това можеше да е единственият им шанс.

Единственото предимство в тяхна полза.

ГЛАВА 25

SOBO

Трябва да задам още един въпрос" - попита Сам Е-3 преди всички да влязат за срещата.

„Добре, задавайте", каза Е-3.

„Ами, чудех се защо Розали не знае за Франсоа."

„Аз..." - дотам стигна Е-3, преди Бранди и Лия да влязат в кухнята.

„Не ни обръщайте внимание - каза Бранди, като продължи да отваря хладилника, извади портокалов сок и го допи, преди да хвърли контейнера в кошчето за боклук.

„Първо трябва да го изплакнеш - каза Е-3, което Бранди направи. След това се свлече на един стол и избърса устата си с обратната страна на ръката си.

„Извинявай, не исках да бъда груба, знаеш ли, да спра рязко, както го направих. Исках всички да сме тук, за да обсъдим притесненията на чичо Сам".

„Достатъчно справедливо", каза Лия и седна до Бранди.

Един по един останалите пристигнаха и заеха местата си около масата.

Е-З започна, като информира всички за чудодейното възстановяване на Пи Джей и Арден, което беше последвано от бурни аплодисменти от всички, включително и от тези, които дори още не ги бяха срещали.

„Следващата точка от дневния ред и мисля, че тези две точки може да са свързани - Лия и Малката Дорит са били подмамени да напуснат къщата и животът им е бил изложен на опасност. Ако не беше Франсоа, Фуриите, които смятаме за отговорни, може би щяха да успеят".

„Браво, Франсоа!" Чарлз каза.

„Как те измамиха?" Бранди попита.

„Къде се случи това?" Лачи попита.

„Лия, искаш ли да го разкажеш?" Е-З попита. Тя поклати глава, не. „Скочи, ако пропусна нещо" - каза той. Той продължи напред и обясни какво се е случило и защо смятат, че Фюри са отговорни.

„Оттогава си мисля за „Фуриите" и техния мандат. Както знаем, те трябва да го следват. Когато се опитаха да убият Лия и Малката Дорит, те нарушиха правилата. Каква причина можеха да посочат, за да се опитат да убият Лия или Малката Дорит? Не само че нарушиха мандата си, но и се провалиха. А сега помислете какво се случи точно по същото време - имам предвид, разбира се, Пи Джей и Арден - те излязоха от комата си. Съвпадение? Мисля, че не.

„И колкото повече ги свързвам в съзнанието си, толкова повече се чудя дали Фуриите не отслабват. Ако съм прав, тогава може би сега е подходящият момент да ги свалим".

„Възможно е - каза Алфред, - но си спомням, че още в ученическите си години съм чел за Айнщайн - което може да докаже обратното. Искам да кажа, че може изобщо да не са били „Фуриите". Може да е било нарушение на пространствено-времевия континуум. След като Франсоа е успял да ги спаси и никой от нас не е знаел, че това се случва, това изглежда възможност, която си заслужава да бъде проучена, не мислиш ли?"

Сам се разхождаше. „Като се има предвид всичко, което знаем за Фуриите, и това, което си спомням от проучванията си за Айнщайн - за да имат дори шанс да огънат пространствено-времевия континуум, Лия и Малката Дорит би трябвало да се движат по-бързо от светлината - 186 282 мили в секунда. Ако се движеха толкова бързо, щяха да се движат назад във времето, а не напред".

„Пътувахме бързо, но не толкова бързо - каза Лия.

„Разкажете ни отново какво се е случило, отново Лия. Кадър по кадър. До момента, в който Франсоа се появи - каза Алфред.

Разказът на Лия започна в кухнята и завърши с нея в болницата.

С вдигане на ръка всички гласуваха, че вярват, че Фуриите са отговорни, но все пак никой не можеше да обясни защо Франсоа е знаел или как е бил повикан.

„Вие ли го извикахте?" Е-З попита. „Искам да кажа, откъде знае? Това е нещо, което възнамерявам да го попитам."

„Което ме връща точно там, откъдето започнахме днес" - каза Сам. „И моят въпрос е защо Розали не е знаела за Франсоа."

„А как е Малката Дорит?" Собо попита.

„Не знам за Франсоа, но еднорогът спеше, когато тази сутрин излязох за малко трева".

„А, това е добре", каза Лия.

„Може би лекарите имат обяснение защо Пи Джей и Арден се събудиха, когато се събудиха?" Сам попита.

„Така е, може би, но не виждам какво значение има това за нас. Не е важно. Главното е, че са се събудили, а ние все още не знаем дали Фуриите са отговорни за тях. Имаме обаче доказателства какво са правили на други деца и по един или друг начин трябва да ги накараме да си платят. И трябва да ги накараме да спрат."

„Може би лекарите имат обяснение защо Пи Джей и Арден се събудиха, когато го направиха?" Сам попита.

„Така е, може би, но не виждам какво значение има това за нас. Не е важно. Главното е, че са се събудили, а ние все още не знаем дали Фуриите са отговорни за тях. Имаме обаче доказателства какво са правили на други деца и по един или друг начин трябва да ги накараме да си платят. И трябва да ги накараме да спрат."

„Тук! Тук!" Чарлз удари с ръка по масата.

„Можем ли да поговорим още малко за Франсоа - попита Бранди.

„Ами ако той не иска да ни каже нищо - попита Чарлз, - освен ако не го приемем за член на екипа?"

„Чарлз прави основателна забележка - каза Е-З. „Готов съм да използвам това като тест с Франсоа. Ако той не иска да ни каже какво знае, тогава може би не му е писано да бъде един от нас".

„Ами ако той е наистина добър лъжец?" Бранди попита. „А някои хора са отлични лъжци."

Лия каза: „Защо не направим Zoom обаждане? Всички можем да разговаряме с него, да видим какво представлява и след това да гласуваме за него? Аз вече съм готова да гласувам „за".

„Не" - каза Е-З. - „Не". „Не искам той да знае за Чарлз, Харуто, Лачи или Бранди. Всичко, което знае в момента, е това, което може да намери в интернет".

„И все пак - намеси се Сам, - Попето успя да се отбие в къщата ни".

„Да, и това е така", каза Е-З.

„Освен това той спаси Малката Дорит и мен - така че знае за нея".

„„Имам чувството, че се въртим в кръг" - каза Алфред. „Междувременно все повече деца умират и попадат в Ловци на души, които принадлежат на други умрели", каза Алфред. „Толкова се надявах, че ще сме стигнали по-далеч, след като разшифровах информацията в книгата".

„Чакай малко", каза Е-З. „Някой виждал ли е Хадза и Рейки днес?"

Никой не беше видял.

Телефонът на Е-З иззвъня. Дойде дълго текстово съобщение от Пи Джей и Арден:

„Не ни питайте как, но знаем, че „Фуриите" идват по пътя ви. И да, имаме план. Трябва да знаем в момента, в който ги видите. Изпрати ни съобщение - и Харуто."

Е-З отговори. „Какво????"

„Доверете ни се", написа Пи Джей.

Двамата си размениха емотикони с вдигнати палци, след което той обясни ситуацията на Харуто и останалите.

Знанието, че „Фуриите" са готови да започнат битката сега, на територията на врага си и без своя лидер Ериел, накара Е-З да се почувства притеснен. Все пак бяха изгубили елемента на изненада благодарение на Пи Джей и Арден.

Все пак да седиш и да ги чакаш да пристигнат не беше най-добрата стратегия.

Но сега те имаха предимство. Оставаше им само да седят и да чакат - и да се надяват.

ГЛАВА 26

НЕОЧАКВАНИ ПОСЕТИТЕЛИ

Всички се занимаваха с работата си, опитвайки се да се занимават, докато чакат. Тогава, въпреки тухлените стени, се разнесе неизбежна миризма.

„Какво е това?" Лия извика, като придържаше носа си с пръсти. „Все още го усещам!"

Бранди правеше същото с дясната си ръка, а с лявата разпръскваше освежител за въздух из стаята, който вместо да намали силата на миризмата, сякаш правеше въздуха по-гъст и я засилваше.

„Хайде да излезем навън!" Лачи каза. „Може би там е по-добре?" Той отвори вратата, въпреки че логиката му подсказваше, че ако миризмата е лоша вътре, навън трябва да е още по-лоша. Отначало сетивата му се заблудиха и той не усети нищо. Дали беше свикнал? Дали Фуриите са бомбардирали с миризми вътрешността на къщата?

После забеляза Малката Дорит и Бебето, които кръжаха отгоре. „Тук горе не е по-добре!" Бебето каза.

„Няма значение как ще отидем!" Малката Дорит добави.

После отново го удари, миризмата беше като шамар в лицето и за миг той загуби равновесие. Той забеляза въжето за дрехи и колчетата и се затича към тях. Притисна едно от тях към носа си и воала, вече не усещаше никаква миризма. Махна на Малката Дорит и Бебето да слязат и когато те го направиха, той приложи необходимите колчета (носовете им се нуждаеха от няколко), докато и те вече не усещаха миризмата.

„Благодаря - казаха Малката Дорит и Бебето, докато се издигаха от земята. „Ще се грижим за тях."

Лачи им показа палец нагоре, след което забеляза, че по пътеката към оградата се вдига малко шум, беше обратно в градината. Група същества образуваха кръг, сякаш имаха съвещание. Той се насочи към него, когато една сова се вдигна от клона и кацна на рамото му.

„Здравей - каза той, като погледна в очите на совата. „Срещали ли сме се преди?" Совата кимна и тогава той разпозна кой е той. Това беше Собо. „Когато казахте, че вашата суперсила е трансформацията, не съм си мислил за вас по този начин!“

„Харуто не знае“, каза тя. „Поне не мисля, че ме помни - все още.“ Тя полетя обратно към групата същества: „Елате при нас“, каза тя.

Лачи се разхождаше сред тях, като се запознаваше един по един с елен на име Обо, енот на име Чарли, лисица на име Луиза, птица (синя сойка) на име Лени и втора птица (кардинал) на име Пърси.

„Дойдохме, за да помогнем“, каза еленът Обой, „но много се страхуваме от Фуриите.“

„Пуснете ме при тях!“ Енотът Чарли възкликна. „Ще им извадя очите с нокти.“

„А аз ще им изтръгна гърлата!“ извика лисицата Лоус.

„Уау! Чакай малко!“ Лачи каза. „Това не е твоя битка. Макар да оценявам службата ти да помага, защо не ни дадеш възможност да опитаме първи? Ако имаме нужда от твоята помощ, аз ще свиркам и тогава ще можеш да влезеш?“.

„Той е прав - каза Собо. „Макар че няма предвид мен.“ Тя погледна Лачи, за да се увери, че предположенията ѝ са верни, и отговори с кимване. „Трябва да защитя внука си и останалите“.

Лени и Пърси, другите две птици, зачуруликаха помежду си.

Собо, който досега беше спокоен, сега започна да пляска по най-непостоянния начин, повтаряйки: „Лоши неща идват! Ужасни неща идват! Ужасни неща идват!"

„Шшш, Собо", каза Лачи, опитвайки се да я успокои. „Ние сме готови и те не знаят, че ние знаем, че те идват."

ТУП ТУП ТУП ТУП

ТУП ТУП ТУП ТУП ТУП

ТУП ТУП ТУП ТУП ТУП

Беше звукът, който земята под краката им издаваше, пулсирайки като сърце, което се опитва да пробие гърдите.

Ударите бяха последвани от барабани.

След това барабанене.

"Фуриите идват!

Фуриите идват!

Фуриите идват!"

Докато небето над тях се вълнуваше

и се завъртя.

И изгаряше.

От блестящо синьо до кърваво оранжевочервено.

Съседите излязоха навън, както правят съседите, за да видят каква е миризмата. Някои шумни паркиращи припаднаха, когато сетивата им бяха обзети, а други изнесоха пуканки на верандата, за да ядат и гледат.

Те нямаха представа каква опасност се задава по пътя им.

И все пак имаше улики.

Пулсиращият шепот.

Тръпнещите удари.

Въпреки това много от тях не се прибраха в домовете си.

Вместо това ядяха пуканки и пиеха газирани напитки, докато чакаха.

ПРОЗОРЦИТЕ

Без да се **измъкват.**

Докато самата земя под краката им беше

УДРЯШЕ УДРЯШЕ УДРЯШЕ УДРЯШЕ

ТУП-ТУП-ТУП-ТУП-ТУП

ТУП ТУП ТУП ТУП ТУП

След това туптенето беше последвано от барабани.

След това барабанене.

"Фуриите идват! Фуриите идват! Фуриите идват!"

Да излезем навън!" E-Z възкликна. „И да се изправим срещу тях!" Той отвори широко входната врата, така че тя се удари в стената.

Бранди, Лия, Харуто, Чарлз и Алфред бяха зад него, готови да действат в момента, в който им бъде наредено.

Той погледна през рамо, за да види Сам и Саманта на излизане: „Не ти" - каза той. „Бебетата се нуждаят от вас вътре. Оставете това на нас."

Сам и Саманта се оттеглиха.

Сега четиримата войници бяха един до друг на моравата пред къщата и чакаха. На непознат човек те можеха да изглеждат като група деца, които чакат да пристигне училищният автобус в нормален учебен ден. Но това не беше нормален ден. Това беше Армагедон.

Ръцете на Лия се тресяха и трепереха, докато тя търсеше в съзнанието си, отваряше се към ума си, надявайки се да разчете, че суперсилите й ще й позволят да получи достъп до умовете на Фуриите.

Че ще успее да се вложи там и да намери някакви улики, някаква информация, която да помогне на екипа й - но съзнанието й оставаше празно.

Алфред каза: - Ще летя на покрива. Ще видя какво мога да видя."

Е-З кимна. „Пази се. А и виж дали можеш да намериш Лачи и Собо." Той вече беше забелязал еднорога и дракона, които летяха високо над тях. Той им подаде палец нагоре.

Едно силно свирване и Боби се гмурна надолу, Лачи скочи на гърба му и заедно се присъединиха към Алфред на покрива. Един бухал кацна до тях.

„Това е Собо - каза Лачи.

„Виждаш ли нещо?" Е-З попита.

Алфред размаха криле: „Към нас се приближава огромен шелф с размерите на айсберг, но се движи бързо".

Е-З се опита да си го представи в съзнанието си, но не можа, защото как, по дяволите, той и екипът му щяха да спрат такова нещо? Как?

„Движи се към нас като цунами - каза Алфред.

„Но то не е от вода - каза Лачи. „Изглеждаше така, сякаш е направено от пясък. Пясъчна вълна. Носеше три жени, облечени в черно".

Пясъчна вълна, да, сега той можеше да си я представи. „ETA? Имам предвид очакваното време на пристигане?" Е-З попита.

„Трудно е да се каже - каза Алфред. „Минути..."

През цялото време под краката им земята продължаваше да **барабани.**

И **пулсираше.**

"Фуриите идват! Фуриите идват! Фуриите идват!"

✳✳✳

„Влезте вътре!“ Е-3 изкрещя на любопитните съседи. „Затворете вратите, заключете ги. И някой да пусне известие в социалните мрежи. Кажете на всички да останат на закрито. Кажете им да не излизат повече навън, докато не получат разрешение от мен! А сега тръгвайте!“

СЛАМ.

СЛАМ.

Над рамото му Алфред, бухалът, Лачи и Бейби гледаха навън, наблюдавайки как махалото скъсява разстоянието между Фуриите и екипа му, докато Малката Дорит зорко следеше от високо.

Беше твърде късно да се прави план. Твърде късно, за да правят каквото и да било, освен да се надяват, че са готови, докато вятърът ги брулеше и буташе, а земята туптеше в синхрон с ударите на сърцата им.

ТРЕСКА.

Зад гърба му входната врата се откърти и излетя от пантите си. Тя отскочи и се затъркаля по улицата, преди най-накрая да се озове на равно място.

Сам излезе навън. Е-Зи обърна стола си към него, като не вярваше на очите си.

Сам си беше сглобил костюм или различни костюми, създавайки свой собствен персонаж на супергерой. На главата му имаше рицарски шлем с обърната нагоре маска. Когато се движеше напред, тя се спускаше и той трябваше да я щракне обратно на мястото ѝ. Беше си сложил черна боя за очи - като тази, която носят бейзболистите, за да изтрият отблясъците под очите си. Гърдите му бяха издути, сякаш под ризата си носеше бронежилетка, а зад него се влачеше дълга черна пелерина. В долната си част носеше черни дънки и любимите си маратонки.

Екипът от супергерои се опита да не се разсмее, докато той си проправяше път до тях, и забелязаха, че името му на супергерой - SAM THE MAN - беше зашито в плата през рамене те му.

Малката Дорит се спусна надолу и хвърли Бренди на гърба си. След това Лачи скочи на гърба на Бейби и излетя. Той погледна към покрива. Малката Дорит вече не беше там. Алфред и бухалът се издигнаха от покрива. Всички се приземиха заедно с Е-Зи и останалите.

„Всички за един!" - казаха те. „И един за всички!"

„Но къде е моят Собо?" Харуто попита.

Собо долетя на рамото му и той веднага разбра, че това е тя. След това тя се преобрази в човешката си форма.

Екипът от деца беше видял как чичо Сам се превръща в Сам Човека, а Собо се трансформира от бухал в баба, но никое от тях не се стресна от това.

Защото под краката им земята продължаваше да ДУМИ.

И **ТРЪМПАНЕ.**

Но думите се бяха променили.

"Фуриите са почти тук.

Фуриите са почти тук.

Фуриите са почти тук."

E-3 и екипът му наблюдаваха как огромна пясъчна вълна, подобна на океански лайнер, влизащ в пристанище, се носи навътре. Но това нещо премина през улиците, изравнявайки със земята къщи, дървета и всичко живо по пътя си. И не забавяше ход.

Нямаше достатъчно време, за да потеглят, освен това бяха зашеметени от огромните размери на нещото. То все пак спря и Фуриите се възцариха над тях, а гласовете им пищяха от смях, докато хвърляха погледи към враговете си за първи път.

„Истински ли са?“ Тиси попита. „Изглеждат като миниатюрни кукли, които чакат да бъдат настъпени.“

„Виждам, че имат дракон и еднорог. И един лебед. О, Боже!“ Али изпищя.

„Не забравяй защо сме тук - каза Мег. „Сега вие двамата се дръжте прилично, а аз ще сляза долу и ще поговоря с лидера. Как се казваше той?“

„Е-Зед“, изкрещя Тиси.

„Е-Зед“, извика Али.

Заедно те казаха името Е-Зед, Е-Зед, Е-Зед.“

„Наричат те Е-З“ - каза Бранди, докато риташе.

„Не!“ Е-З извика. „Изчакай да ми дойде редът!“ Но беше твърде късно, Малката Дорит и Бранди вече бяха в полет, но не отидоха далеч, намериха си място на покрива.

Е-Зи и останалата част от екипа се държаха на мястото си.

„Какво чакат?“ Сам попита.

Чарлз каза: - Надяват се, че миризмата им ще свърши работа вместо тях. Той се усмихна и всички се разсмяха. Всички, освен Собо, която се преобрази обратно в състоянието си на сова и полетя на покрива заедно с Бранди и Малката Дорит.

Фуриите, които имаха отличен слух и които имаха план и възнамеряваха да го следват, не се зарадваха, че са станали обект на шегите на децата супергерои, и един по един се издигнаха във въздуха. С приближаването им миризмата се засилваше, тъй като черните им одежди се развяваха от вятъра.

„Хвани!“ Лачи извика, подхвърляйки щипки за дрехи на всеки член на отбора.

Вече не толкова миризливите вещици долетяха по-близо, за да могат децата долу да ги видят по-подробно. На живо те бяха по-големи от живота, буквално, заради змиите, които се плъзгаха и разхождаха по тези тела. Змиите, плюещи с раздвоени езици, бяха придружени от звука на чупещи се камшици в изключителна демонстрация на психологическа война.

Според първоначалния план именно Мег беше тази, която разчупи леда, като изкрещя: „Къде е Ериел? Знаем, че го имате! Дайте ни го, СЕГА.“

Високият звук на пискливия ѝ глас накара децата да запушат ушите си, тъй като предметите от стъкло като улични лампи, лампи на верандата, прозорци и дори стъклата в шкафовете се разбиха на километри.

Когато се увери, че Мег вече не говори (тъй като устата ѝ беше затворена), Е-З отговори: „Той е мястото, където се държат предателите. Така че сега можете да пълзите обратно в която и да е дупка, от която сте изпълзели тримата!“ И когато свърши да говори, неговият се вдигна от земята, последван от Алфред, Собо, Малката Дорит с Бренди Бейби с Лачи на борда.

„Това е нашата територия. Това са нашите хора - и вие нямате работа тук. Всъщност изобщо нямате работа тук, на Земята. Никога не сте имали. Не ви е мястото тук - каза Е-З. „И ни е омръзнало от вашите манипулации. Вие преиграхте. Злоупотребяваш със силите си. Ти си отвратителен. И ние ще те накараме да отговаряш за това.“

„Какво ще ни направи едно малко момче като теб?" Тиси, която се беше преместила до Мег, извика: „Прегази ни?"

Нейният пронизителен смях изпълни въздуха, като накара земята под краката на останалата част от екипа да се разцепи на пролуки. Лия, Харуто, Чарлс и Сам се сгушиха между пролуките, за да се предпазят.

Мег се присъедини към забавлението с имена: „Може би лебедът ще ни поласкае до смърт? Разбира се, можем да го оскубем - и да го изядем за обяд!"

Нелетящите членове на екипа се сгушиха още по-плътно един до друг. Харуто, който можеше да се завърти, беше твърде уплашен, за да помръдне. Държеше се настрана от отворените пролуки в земята, които заплашваха да ги погълнат.

„А ти, момиченце - каза Али на Лия. „Опитахме се да те разтопим на слънцето. Този път ти се измъкна. Но какво ще ни направиш сега? Ще се взираш ли в нас, с ръце и ще ни превърнеш ли в статуи?"

Фуриите" отново изпищяха от смях, а земята под тях се сви, сякаш се опитваше да роди нещо.

„Вече ми е скучно" - каза Мег.

Другите две сестри бяха необичайно мълчаливи, сякаш не бяха сигурни какъв трябва да бъде следващият им ход.

„Не е нужно." Мег долетя малко по-близо до Е-3, с ръце на хълбоците: "Губим си времето тук! Не сме дошли да се бием с теб днес. Не и без нашия водач. Единственото, което искаме да знаем, е къде е той? Пуснете го. Пуснете го - сега. А ние ще оставим битката за друг ден."

„Това би ти харесало, нали!" Алфред изкрещя.

Което накара Али да изпадне в захлас.

„Ела при мен, малка свенлива свенлива. Котелът те чака - ти, пернат изрод!"

„Той е лебед, а не гъска, идиот!" каза Бранди, докато насочваше малкия Дорит към нея.

Е-Зи, щастлив от разсейването, получи съобщение от Пи Джей и Арден и даде знак на Харуто да вдигне палец.

Харуто се превърна в невидим и затича по-бързо от бързо към болницата, където се срещна с Пи Джей и Арден, които вече чакаха вътре в играта. Сега всеки от тях направи по едно убийство. Когато Харуто пристигна, те направиха още две убийства.

Алчността на Фуриите за повече детски души изпрати техните есенции в играта.

„Имаме ви!" - извикаха трите богини.

„Сега!" Пи Джей изкрещя, докато Арден натискаше SAVE за USB, а когато то беше записано, натискаше EJECT. Той затвори USB-то с тиксо, след което го постави в херметически затворена торба.

„Занесете това на Е-3!" Арден каза.

Харуто пристигна на земята, даде знак на баба си, която грабна USB-то в човката си и го занесе на E-Z.

Пи Джей изпрати съобщение. „Есенциите на Фуриите са в USB-то.“

E-Z постави USB-то на сигурно място в джоба на дънките си и следващия път, когато погледна към Фуриите, гледката в очилата на Рафаел се беше променила. Телата на трите сестри избледняваха, но змиите не бяха. Тогава той разбра каква е ахилесовата им пета. „Змиите ги поддържат живи!“ - изкрещя той. „Трябва да премахнем змиите.“

Бранди вече беше достатъчно близо, за да удари Али. За съжаление, тя беше и достатъчно близо, за да може змията на Али да я ухапе - което и направи. Тя се свлече, а Малката Дорит тръгна, но беше твърде късно, Бранди вече беше мъртва.

„Изведете я оттук!“ E-Z изкрещя и Малката Дорит се издигна в небето, ридаейки, докато вървеше.

„Тя ще се оправи“, каза E-Z.

„Не мисля така“, засмя се Али. „Нашите змии не са от този свят. Ако те ухапе някоя от тях, каквито и сили да имаш, те няма да действат. Но ние ще останем наоколо и ще чакаме, ако искаш? После, когато тя не се върне - ще взривим останалата част от екипа ти на парчета!“

„Вие, кучки!“ E-Z възкликна.

Собо се втурна в действие, нападна и извади змийските очи едно по едно и ги пусна на земята.

Когато приключи с Али, тя се насочи към Мег, а след това и към Тиси. Когато приключи със задачата си, бабата беше твърде изтощена, за да направи нещо друго, освен да се приземи до внука си и да се върне в човешката си форма.

„Но Собо," каза Харуто, "аз също искам да се бия."

„Оставете ги да направят останалото", каза тя. „Прекалено съм изморена, за да те нося."

Собо и Харуто наблюдаваха как останалите от екипа довършват змиите.

Фуриите отваряха и отново затваряха устата си, но от тях не излизаше никакъв звук. Освен че нямаха глас и угасваха, телата им се опитваха да останат на повърхността, докато кръвта във вените им капеше надолу.

Инвалидната количка на Е-3 се движеше под тях, улавяше капките и смесваше кръвта на Фуриите с другите проби, които беше събрала.

„Те са мъртви - потвърди Е-3, докато празните одежди на Фюри се носеха като черни призраци към земята.

Но това все още не беше приключило.

$$***$$

Зад Е-3 пясъчната вълна вдигна глава и като видя прободените очи наоколо - очите на всичките си деца - тази майка на всички змии бавно оживя.

Сам, който пръв забеляза движението, извика: „Внимавайте, Е-3!" и когато не чу виковете му, Лия, Чарлз, Харуто и Собо се присъединиха.

Лачи чу виковете им и видя змията, която, както я чу, си проправи път към Е-3. Той погледна в очите на змията и каза: „НЕ!".

За секунда-две змията-майка спря да се движи и изглеждаше, че е чула и разбрала заповедта на Лачи, след което той забеляза трептене в очите ѝ. „Пати Е-3!" - извика той, докато Бебето отваряше уста и изстрелваше огън по посока на Е-3 и майката змия.

Косата на Е-3 пламна и той я потупа, след което столът му падна на земята.

Бейби продължи да изригва огън към гигантската змия майка, докато тя не изгоря на клада. Вместо миризмата, която създаваха Фуриите, сега въздухът беше изпълнен с фууд миризма на пиле, каквато можеше да се открие на всяко барбекю в задния двор.

„Благодаря, Бейби и на всички - каза Е-3, докато прокарваше пръсти през средата на косата си. Беше премахнал частта, наподобяваща косъм.

„Ще порасне отново" - каза Сам, когато земята под краката им отново започна да се

THRUM

И ДУМ

Инвалидната количка на Е-3 се повдигна от земята по собствено желание и започна да изсипва капки кръв в кратерите, които се бяха отворили в земята.

„Какво става?" Алфред попита.

Под него инвалидната му количка продължаваше да кърви, като го изхвърляше със струя от място на място. „Малка капчица тук и малка капчица там" - рецитираше той в съзнанието си. На земята екипът му казваше същите думи, които се въртяха в главата му: „Малка капчица тук и малка капчица там", после заедно довършваха стихотворението: „малка капчица, навсякъде", след което започваха отначало. Той поклати глава... дали всички те четяха мислите му?

Под краката им земята продължаваше.

DRUMMING

ТРЪМПАНЕ.
ВЪЛНУВАЩО.
СПОРАЗУМЕНИЕ.

Лия се надигна от земята, разтворила ръце колкото можеше по-широко, с глава, отпусната назад, и очи, вперени в небето. И над нея небето се разкъса. Започна да вали, но когато се удариха в асфалта, петната бяха червени. Небето плачеше с кървави сълзи, докато Лия се люлееше и въртеше във въздуха като марионетка без струни.

Останалите, без да включват Бейби и Лачи, изтичаха на верандата, за да избягат от кървавия дъжд, без да могат да направят нищо за Лия, която все още беше увиснала и изпаднала в транс.

„Ние ще се погрижим тя да не падне“, каза Е-З, „останалите се прикрийте“.

ПУЛСИНГ.
ТЛАСКАНЕ.

След това се появиха **мълнии.**

Последвана от **гръм.**

Като архангел Михаил проби бариерата и полетя надолу, докато не се приближи до Е-З.

„Разбирам, че контролираш ситуацията - каза Михаил.

„Да, есенциите на Фуриите са в това USB.“

„Подхвърлете ми го“, каза Майкъл.

Сякаш хвърляше бейзболна топка към втора база, Е-З изстреля USB-то по посока на Майкъл, който протегна ръка, хвана го и го обви в лед. „Аз,

Ериел, ще имам компания" - каза Майкъл. „Всички те ще останат в леда до края на вечността. А, и между другото, добра работа на всички!" След това също толкова бързо, колкото беше дошъл, той отлетя.

„Ами Лия?" Е-3 изкрещя, но Майкъл не отговори.

Земята започна да пулсира и да се извива, въпреки че Фуриите вече не бяха върху нея, а кръвта вече не течеше нито от небето, нито от инвалидната му количка.

Лия все още се носеше с очи, отправени към небето, докато то се преобръщаше от кървави сълзи към синьо, а под краката им земните кратери бяха заздравени с трева, дървета цветя.

После всичко утихна, докато Лия, все още в транс, се носеше обратно към земята. Изправена на земята, с все още широко разтворени ръце, тя усети тревата по гърба си и се усмихна от умора, докато се смаляваше и се връщаше на истинската си възраст, която беше девет години и половина.

„Добре ли си?" Е-3 попита, докато лисицата, синята сойка, енотът, кардиналът и еленът се събраха наоколо.

Лия отвори очи и можеше да вижда от тях. Тя погледна ръцете си и те бяха както преди.

„Добре съм - каза тя, докато Лачи й помагаше да се изправи.

Сам веднага забеляза, че дрехите на дъщеря му вече не ѝ прилягат. Той свали пелерината си на супергерой и я уви около раменете ѝ.

„Благодаря, татко“, каза Лия.

За пръв път го наричаше така и той никога не се беше чувствал толкова горд, докато една сълза се стичаше по бузата му.

$$***$$

Синьото на небето изглеждаше по-ярко, сякаш звездите примигваха с очи, въпреки че беше ден, а тревата по земята сякаш танцуваше под слънчевите лъчи, сякаш съдържаше диамантена роса.

Нито Е-3, нито някой от екипа му можеше да говори. Никой не искаше да наруши тишината или да наруши красотата, на която бяха свидетели.

ШЕПОТ.

ШЕПОТ ШЕПОТ.

ШЕПОТ ШЕПОТ ШЕПОТ ШЕПОТ.

Листата, развявани от вятъра. Издават звук, подобен на човешкия. Но това не беше вятърът, а гласът на децата по целия свят, които се прераждат.

Онези, които бяха отвлечени от Фуриите, избутваха телата си от земята и откриваха, че гласовете им са се върнали.

Децата се научиха отново да ходят, да тичат или да пълзят и виковете им отекнаха по целия свят:

„Искам си мама!“ - крещяха възродените, но без душа тела на децата.

„Искам си татко!“ - крещяха в един глас тези възкръснали деца:

„УАХ, УАХ, УАХ!“

„УАХ, УАХ, УАХ!“

„УАХ, УАХ, УАХ!“

Бездушните малчугани се движеха към краищата, пътуваха към местата, движенията им бяха по-бързи от скоростта на светлината, докато продължаваха да плачат:

„Искам си мама!“

„Искам си татко!“

„ВАХ, ВАХ, ВАХ!“

„УАХ, УАХ, УАХ!“

„УАХ, УАХ, УАХ!“

В Долината на смъртта, където са били съхранявани и съхранявани „Ловецът на души“,

POP

POP

Вратите се разтвориха като ръце и душите излязоха навън, търсейки телата, в които все още им е писано да бъдат, и последваха виковете на децата.

„Искам си мама!“

„Искам си татко!“

„ВАХ, ВАХ, ВАХ!“

„УАХ, УАХ, УАХ!“

„УАХ, УАХ, УАХ!“

Душите прелитаха от дете на дете. В търсене на дома, в който принадлежи. Сякаш гледаха деца, които играят на игра на таг, докато всяка душа се приближаваше и влизаше в тялото, в което се беше родила. Душите и телата отново станаха едно цяло.

ШХХХХХХ.

За миг малчуганите отново бяха щастливи деца и въздухът се изпълваше с възторг.

Обратно в Долината на смъртта Хадза и Рейки пренасочиха бездомните души по света, които се криеха, тъй като нямаха свои собствени Ловец на души. Една по една душите влязоха и земята започна да се лекува.

Саманта излезе от къщата, носейки бебетата си Джак и Джил на ръце, докато им пееше тихо: „Тихо, бебче, не плачи".

POP.

POP.

Хадз и Рейки се появиха: „Направихме го!"

Е-Зи и екипът му се хвърлиха един към друг. Те плачеха, смееха се. След това отново се разплакаха заради загубата на един от членовете на отбора. За загубата на един от тях: Бранди.

Телефонът на Лия изпиука. Беше съобщение от Бранди: „Пристигнах в търговския център - отново! Надявам се, че всички са добре и че сме победили тези вещици!"

„Бранди е жива!" Лия обясни, после отвърна на съобщението: „Със сигурност успяхме! Ще те запозная с подробностите по-късно."

„AHRHHRGHHHHH!" Чарлз Дикенс извика. Тялото му се тресеше и трепереше. Когато спря, той беше в транс с безизразен поглед на лицето и изпънати с длани нагоре ръце.

„Дали той получава очите на ръцете ми?" Лия се запита.

Като книга - най-големият том с твърди корици, който някога бяха виждали - падна от небето и се приземи в ръцете на Чарлз, като самата сила едва не го събори от краката му. Чарлз се успокои, докато огромната книга се разгърна, прелиствайки собствените си страници, докато не се чу глас от вътрешността на книгата:

„Аз съм Пътеписът на алтернативните светове".

Въпреки че гласът идваше от вътрешността на книгата, устните на Чарлз Дикенс се движеха в синхрон с всяка дума, а на заден план все още звучаха детски викове:

„УАХ, УАХ, УАХ!"

„УАХ, УАХ, УАХ!"

„УАХ, УАХ, УАХ!"

„Искам си мама!"

„Искам си татко!"

„УАХ, УАХ, УАХ!"

„УАХ, УАХ, УАХ!"

„УАХ, УАХ, УАХ!"

„Аз съм гладен!"

„Жаден съм!"

Децата, които някога живееха най-близо до къщата на Е-3, тръгнаха рамо до рамо към нея.

„Чуйте ме сега!" Пътеписът на алтернативните светове се провикна.

"Това е еднократно предложение.

Ако сте избрани, трябва да изберете.

Само веднъж, независимо дали ще спечелите или ще загубите.

Не позволявайте на тази възможност да ви се изплъзне.

Защото тя няма да се повтори, в нито един друг ден".

Страниците се преобърнаха напред, после назад. Напред, после назад. Прелистването спря на една глава. Глава, озаглавена „Алфред". Имаше и снимки на него, със семейството му. Всички по-възрастни. Всички здрави и добре. На снимките той вече не беше Алфред, лебедът-тромпетист. Той беше Алфред - бащата, съпругът, мъжът.

Със сълзи на очи Алфред погледна към Е-3. Погледът, който си поделиха, казваше всичко. Трябваше да си тръгне. Е-3 кимна.

Тогава Алфред се обърна към Лия. Тя също кимна, знаейки, че той трябва да си тръгне.

Алфред, лебедът-тромпетист, влезе в главата, носеща неговото име, и се превърна отново в човек. И от страниците на „Пътепис за алтернативни светове" той помаха на приятелите си.

Сега страниците на „Пътепис за алтернативни светове" се върнаха в началото на книгата. Страниците се разбъркаха отново и отново, напред и назад, назад и напред, като накрая спряха на нова глава. Глава, кръстена на Лачи.

На снимката Лачи беше бебе. Родителите му го прибираха от болницата. Бебето на снимката носеше болнична гривна, която разкриваше, че истинското име на Лачи е Андрю.

„Не, благодаря", каза Лачи. „Бебето и аз скоро ще се приберем у дома."

Пътеписът „Алтернативни светове" се захлопна с такава сила, че Чарлз едва не падна. Той се съвзе и миг по-късно книгата отново започна да се прелиства. Назад, напред. Разбъркваше страниците като колода карти, докато не попадна на главата, наречена Харуто. На снимката той беше с майка си и баща си.

„Не, благодаря" - веднага каза Харуто. Той взе ръката на Собо в своята и каза на Лачи: „Имаш ли нещо против да ни закараш в Япония на път за вкъщи?"

Лачи кимна: „Радвам се за компанията."

Този път от книгата се изстреляха пламъци, преди да се затвори, и Чарлз едва не я изпусна.

Виковете на децата без отговор продължаваха да се усилват с приближаването на дома на E-Z:

„Искам си мама!"

„Искам си татко!"

„Гладен съм!"

„Жаден съм!"

„УАХ, УАХ, УАХ!"

„УАХ, УАХ, УАХ!"

„УАХ, УАХ, УАХ!"

Чарлз затвори очи.

„Това ли е? попита E-Z.

„Ами ние?" Лия попита.

Ръцете на Чарлз започнаха да треперят. Сякаш тежестта на книгата притискаше ръцете му. След това книгата се захлопна с такава сила, че той се препъна и седна. Кръстоса единия си крак върху другия и притисна книгата към гърдите си.

Тя отново се отвори, както и очите на Чарлз, и отново страниците се раздвижиха като морски треви на океанското дъно. Тя отново се затвори. После се обърна по гръб. В центъра на книгата се появи рамка. Отначало тя беше празна, сякаш чакаше нещо. После затрептя и започна филм.

Бейзболният мач на стадион „Доджър" вече беше започнал. Доджърс играеше с Пивоварите. И E-Z Дикенс беше кетчър. Беше зад плочата и играеше като професионалист. На трибуните бяха родителите му, точно над бункера, и го подкрепяха.

ЗЕМЕДЕЛСКА ПАУЗА.

За няколко секунди слънчевата светлина беше блокирана, когато Офаниъл избухна в небето и си проправи път към тях.

„Е-З, исках само да ти кажа, преди да вземеш решението си, че каквото и да решиш да направиш или да не направиш, то ще има последствия за другите".

„Като какво?" - попита той, като не откъсваше поглед от рамкираната версия на себе си и родителите си, въпреки че те вече не се движеха в нея.

„Помисли си за инцидента... какво нямаше да се случи, в света, ако родителите ти никога не бяха загинали? Ако никога не бяхте загубили възможността да използвате краката си?"

Той погледна по посока на чичо си Сам, после към Саманта, Лия и близнаците. Без злополуката никой от тях нямаше да се срещне. Близнаците никога нямаше да се родят.

„Ако реша да отида и да изживея мечтата си, какво ще се случи тук?"

„Това е риск, който ще трябва да поемеш, и отговор, който не мога да ти дам. Но знам едно - ти си катализаторът и лепилото".

„Добре, благодаря, че ме уведомихте."

ЗЕМЕДЕЛСКИ РЕЗУЛТАТ

Офаниъл си тръгва.

„Е, не, благодаря“, каза Е-З.

Той наблюдаваше как той и родителите му изчезват. Екранът стана празен. Рамката изчезна и книгата започна да се издига. Нагоре, нагоре, от ръцете на Чарлз.

Чарлз стоеше така, сякаш все още я държеше. Гледаше напред в нищото.

Когато книгата се оказа далеч над тях, тя избухна в пламъци. Тя изсвистя и се разнесе смрад, преди останките ѝ да станат достатъчно малки, за да бъдат вдигнати от вятъра. И пътеписът „Алтернативни светове“ вече не съществуваше.

Чарлз се върна на себе си, когато децата масово пристигнаха на улицата на Е-З.

„Искам си мама!“

„Искам си татко!“

„Аз съм гладен!“

„Жаден съм!“

„УАХ, УАХ, УАХ!“

„УАХ, УАХ, УАХ!“

„УАХ, УАХ, УАХ!“

„Мога ли да им разкажа една история?“ Чарлз попита.

„Няма да навреди“, каза Лия.

Чарлз започна да разказва приказката за Трите камъка. Децата спряха да се движат, спряха виковете си, тъй като висяха на всяка негова дума - докато той не спря рязко.

„О, боже!" - извика той, забелязвайки, че всяка частица от него избледнява и изчезва, сякаш земята трудно предаваше сигнала му.

„Чакай!" Е-З каза. „Имаш ли някакъв съвет за колега писател?"

„Има книги, в които гърбовете и кориците са най-добрите части - не позволявай твоята да е една от тях. Ще ми липсвате всички!"

Някои казват, че точно в този момент се спуснал лъч светлина, вдигнал го от земята и отнесъл Чарлз Дикенс в небето. Други казват, че той отпътувал с Малката Дорит и никой от двамата не ги видял повече. Единственото, което знаели със сигурност, било, че Чарлз Дикенс ги е напуснал в този ден и никога повече не са го виждали.

„УАХ, УАХ, УАХ!"

„УАХ, УАХ, УАХ!"

„УАХ, УАХ, УАХ!"

FIZZLE POP

Пристигна един Ловец на души. Той отвори вратата си и изстреля във въздуха фойерверки.

Някои от бебетата се уплашиха от шума, а други го харесаха, но във всички случаи спряха да плачат.

Докато то изстрелваше цветове във въздуха, те се сливаха, за да кажат следното:

ИЗЛЕЗТЕ ИЗЛЕЗТЕ

КЪДЕТО И ДА СТЕ!

„Какво иска то?" Е-З попита. „Или трябва да кажа: КОЙ иска?"

„Аз ли?" Попита Собо.

„Не, то е за мен" - каза глас зад тях. Това беше гласът на Розали.

Всички се обърнаха към нещо, очаквайки да видят призрак или дух, но това, което видяха, не беше нито едно от тези две неща. Това беше същността на Розали... това беше всичко, което знаеха.

„Сбогом, скъпа Розали!" Собо се обади.

Това беше доста добро изпращане за същността на скъпата Розали, като Е-Зи и неговият екип крещяха, махаха, хвърляха целувки и я приветстваха. Беше истинско тържество на всичко, което тя означаваше за тях, докато скъпите им приятели стъпваха в нейния Ловец на души и той отлиташе.

Сега, когато Чарлз вече го нямаше, децата възобновиха плача си,

„УАХ, УАХ, УАХ!"

„УАХ, УАХ, УАХ!"

„УАХ, УАХ, УАХ!"

На заден план се чу нов звук. Звук от крака, много крака, които тичат - бързо.

Докато те се вливаха в улицата на Е-З, майките и татковците, както и децата, се събраха с любимите си хора и това събиране се случи по цялата земя.

„Браво!" Е-З каза на екипа си.

Те помахаха за довиждане, докато Лачи, Бейби, Харуто и Собо отлетяха.

Сега останаха само Е-З и Лия.

ЗАП!

Пристигна първият поппет.

BONJOUR!

Следван от Франсоа.

„Ах, закъсняхме - каза той. „Изпуснахме всичко!"

От вътрешността на къщата се чуха виковете на Саманта. „О, не, нещо се случва с бебетата!"

Всички се затичаха навътре към детската стая на бебетата. Джак и Джил бяха заспали непробудно.

Сам прегърна съпругата си. „Струват ми се добре", прошепна той.

„Но те не са добре!" Саманта каза.

„Ще се оправи", каза Сам.

„И на мен ми изглеждат добре" - каза Е-З.

„Просто изчакай", каза Саманта. „Просто изчакайте и ще видите. Нямаше да извикам, освен ако..." Тя се залюля и се залюля, сякаш можеше да падне.

Всички гледаха и чакаха. Нищо не се случи в продължение на десет, петнайсет, двайсет или дори трийсет минути.

После изведнъж нещо се случи.

От малките телца на Джак и Джил се излъчиха жълта и зелена светлина.

„Хадз? Рейки?" Е-З възкликна.

ПОП.
ПОП.

Джак и Джил седнаха, както биха могли да направят по-големите бебета. Което Джак и Джил все още не можеха да правят.

Саманта припадна, а Сам я хвана.

„Какво, по дяволите, правите вие двамата?“ Е-З поиска. „Излизайте оттам - веднага!“

Хадзъ каза: „Като награда поискахме да бъдем хора“.

„А на нас ни трябваха тела“, каза Рейки.

„О, братко“, каза Е-З, когато на входната врата се почука.

„Има ли някой вкъщи?“ Пи Джей и Ардън попитаха.

ЕПИЛОГ

Е-3 набра думите: **КРАЙ**. Доволен от постижението си да завърши поредицата от четири книги, той затвори лаптопа си.

„Побързай, Е-3!" - извика един мъж зад него.

Е-3 свали маската си на ловец и се огледа наоколо. Той беше зад плочата и ловеше за Лос Анджелис Доджърс. Съдията почистваше чинията. Той се изправи и се запъти към бункера, тъй като беше последният играч, напуснал игрището.

Разпозна няколко от играчите, докато се движеше покрай землянката, следвайки ги плътно.

Прокара пръсти през косата си, която беше изцяло руса. Беше по-къса и по-строго подстригана, отколкото някога преди. И беше по-висок, определено над метър и петдесет.

Какво, по дяволите, се случваше? Дали беше заспал? Пощипна се. Болеше го.

„Ти си на палубата, Е-Зи!" - извика треньорът по батиране.

Той намери един монитор и провери отражението си. Гледаше себе си, сякаш беше непознат.

„Земя за Е-3" - каза треньорът му.

„Съжалявам, треньор - каза Е-3, докато си проправяше път към хангара за екипировка на багера. Бухалката му беше с етикет, както и цялата останала екипировка. Той я сложи и излезе в кръга на терена.

Нагласи налакътниците си, след което се приготви за първото подаване. Заедно със съотборника си на терена направи няколко тренировъчни замаха. Докато чакаше, движението на трибуните зад землянката привлече вниманието му. Майка му и баща му.

„Върви, хвани ги, сине!" - извика баща му.

Той вдигна палци на родителите си, след което наблюдаваше как съотборникът му направи сингъл и стигна безопасно до първа база.

Е-3 влезе в бокса за батериите, отмерваше времето, върна се обратно и пое няколко пъти дълбоко въздух.

Събери се, каза си той. *Не искам да разочаровам отбора. Съсредоточи се. Концентрирай се.*

Вдигна ръка, за да уведоми съдията, че е готов, и се върна на терена.

„Хайде, Е-3!" - извика майка му.

Той се концентрира и наблюдава как първото подаване минава покрай него. Вероятно със скорост над сто мили в час. Той се подготви за второто подаване. Замахна и пропусна. Съотборникът му открадна една база и се приземи безопасно на втора.

Това е твърде много. Не съм готов. Трябва да се събудя. Трябва да се събудя - СЕГА.

Второто подаване прелетя покрай него. Той замахна, но не се свърза. Третото подаване дойде и той се свърза с него. Гледаше как съотборникът му се опитва да стигне до третото, но беше изхвърлен. Почти успя да стигне до първа навреме, но другият отбор спечели двойна игра. При два аута той се върна в землянка, за да облече екипировката си за ловене.

„Следващия път ще ги хванеш!" - каза баща му.

Въпреки че не успя да се добере до базата, той беше в своята мечта. Живееше своята мечта. Но как? Беше отказал предложението от Пътеводителя на алтернативните светове.

Измъкнете ме оттук! Не искам да е така! Къде е чичо Сам? Къде е Лия? Къде са близнаците?

Главата му се напълни със смях, докато падаше на земята и продължаваше да пада. Докато не се приземи с трясък върху дървен под, в някоя колиба или хижа. В рамките на няколко секунди след приземяването му тя избухна в пламъци.

В другия край на стаята седеше малко момиченце. Отначало си помисли, че е Лия, но това момиче имаше червена коса. Той се опита да я събуди, но тя не помръдна.

Зад гърба му входната врата беше изхвърчала от пантите си. Влезе тъмна, забулена фигура, а до нея - по-къса фигура с качулка. Между двамата изнесоха момичето навън.

„Помогнете ми!" - извика той.

„Помогни си сам!" - каза женски глас, по-високата от двете фигури, докато стените около него започнаха да се разбиват.

Той се върна на стадиона, по гръб на земята, гледайки в очите на родителите си.

„Ще се оправиш" - гукаха те.

Благодарности

Уважаеми читатели,

стигнахме до края на поредицата E-Z Dickens. Силно се надявам да ви е харесало да я прочетете, както на мен ми беше приятно да я напиша.

Тъй като бяхте с мен през цялата поредица, моето последно БЛАГОДАРЯ е към вас, моите читатели. Вие сте страхотни!

Както винаги, приятно четене!

Cathy

За автора

Многократно награждавана авторка, Cathy McGough живее и пише в Онтарио, Канада, заедно със съпруга си, сина си, двете си котки и едно куче.

Също от:

ФАНТАСТИКА

Интервюта с легендарни писатели от отвъдното
(2-ро място за най-добро литературно четиво за
2016 г. на издателство „Метаморф")

НЕФИКЦИЯ

103 идеи за набиране на средства за
родители-доброволци в училища и отбори
(3ТО МЯСТО НАЙ-ДОБРА РЕФЕРЕНЦИЯ 2016 г.
METAMORPH PUBLISHING)

9 781998 480722